U0057126

瑞蘭國際

我的第一堂
緬甸語課

ကျွန် တော် တို့ ရဲ့ မြန် မာ စာ ဖတ် စာ

葉碧珠　著

ဒေါ် ရီ ရီ လွင်

從零開始，帶您學會緬甸文，並了解緬甸文化！

在臺灣定居已經邁入第25年。這段期間，我持續做著中緬翻譯的工作，而我的緬甸語教學經驗，則是在10年前一個偶然的機緣下開始的。

當時，我在一次聚會上認識了想去緬甸傳教的朋友陳兆銘先生，問我可不可以教他緬甸語，我當下非常高興，沒想到竟然在臺灣也有人想要學緬甸語，但同時也很緊張，因為當時的自己只有當過翻譯，沒有教緬甸語的經驗。然而，憑藉著對自身緬甸文化的熱愛，再加上想要幫助他的心情，我勇敢地接受了這項挑戰，並從此開啟了我的緬甸語教學生涯。

不過一開始卻沒有我想像的容易，為了能勝任這項挑戰，我到很多書局找了緬甸語教學用書，無奈找遍了全臺北的書局也找不到，於是請家人從緬甸寄來小時候用的緬甸語教科書，開始自編教材。就這樣，我一邊編寫教材，一邊累積教學經驗，並從和學生的互動和討論中，不斷改良教材內容，因此在這邊，我也想特別感謝師大學生洪郁婷，因為有她當時給我的許多建議，才有出版這本優良緬甸語教材的機會，同時也感謝她向我介紹教印尼語的王麗蘭老師，才讓我又認識了本書的出版社——瑞蘭國際出版。

後來，我透過當時在暨南大學東南亞學系攻讀碩士的彭霓霓老師（現任該系所的緬甸語老師）介紹，教導一位在緬甸設廠的企業主管李炎榜先生學習緬甸語，同時也為該公司設計出適合員工學習的緬甸語教材及有聲書。李先生在編輯教材上可以說是我最大的推手，他不但提供我英美國家及中國大陸的緬甸語教材作參考，也給了我很多的建議。感謝當時有他肯定我的教材豐富又紮實，並鼓勵我在臺灣出書，我才開始對出版自己的緬甸語教材有了初步的想法。

在此，我想謝謝瑞蘭國際出版的整個團隊給我很多的力量及信心，尤其是編輯元婷她讓我非常感動，這麼瘦小的身軀接下了龐大又困難的緬甸語書籍編輯任務，她雖然看不懂緬甸文，但細心到看得出來我漏了什麼符號、少了什麼字，對一個不懂緬甸文的人來說，能做到這樣實在太了不起了。沒有她不會完成這本書，沒有瑞蘭國際出版也不會有出版這本書的一天。

這本書是我累積多年的教學經驗，一修再修而完成的，雖然不敢說是很完美，但對於有心從事緬甸語教學的老師們及緬甸語學習者，我絕對有信心這本書能為大家帶來幫助。這本書的內容除了發音、單字、生活會話、綜合測驗之外，還有文化介紹，對想認識緬甸文化的人來說，也是一本不可或缺的書。

最後，謝謝能讓這本書完成的所有人，更要感謝的是在緬甸語專業上協助我的緬甸籍老師Daw Ni Ni Aung，以及我的好朋友楊美華，很謝謝你們包容我在寫書的過程中不斷的地打擾你們。也很謝謝在台的資深緬甸語教師黃珍英老師協助校稿。

葉碧珠 2019.11.27 臺北

　　《我的第一堂緬甸語課》先用第一～三課帶大家認識緬甸語的字母及符號。打好基礎後，第四～十課各以一個基本母音為基礎做拼音練習，更設計了好玩、好學的課堂活動，不僅適合自學，也適合老師在課堂上使用，快一起來看看吧！

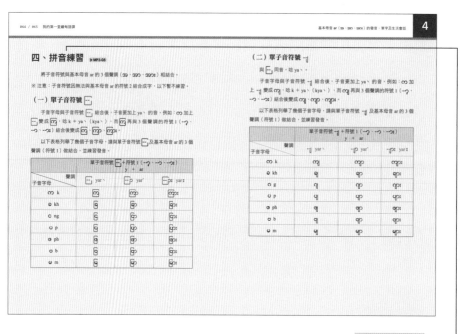

拼音練習

挑戰全書發音表格化！將字母、音調、符號三合一，清楚、好認又好對照，搭配音檔一起練習更有效！（小提醒：本書用「--」代表符號中要填入字母的位置。）

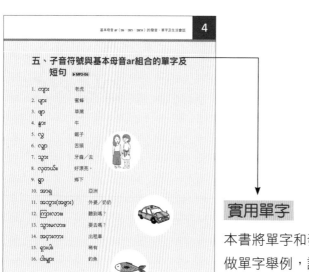

實用單字

本書將單字和發音做搭配，只選該課學到的拼音做單字舉例，讓您活用拼音的同時，單字就朗朗上口！還有趣味十足的緬甸語繞口令，快邀同學一起挑戰！

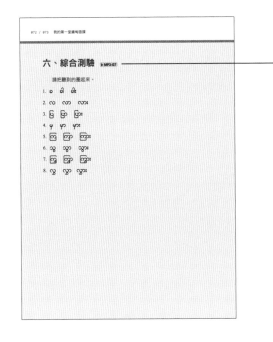

本書特別設計音檔互動式測驗題，針對易混淆的發音幫耳朵加強訓練，課後馬上練，印象最深刻！

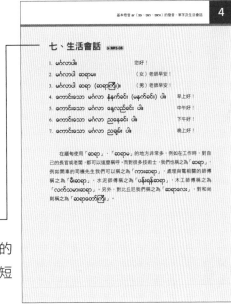

生活會話

從打招呼、自我介紹開始，搭配簡單的文法說明。只要每課累積一點實用短句，零基礎也能快速融入緬式生活！

文化常識

學語言也要學文化！想知道緬甸人如何取名字？為什麼緬甸人愛吃涼拌茶葉？更多好吃好玩的緬甸文化等您來發掘！

作者序　002

如何使用本書　004

1 緬甸語簡介與子音字母（1～10）　009

2 子音字母（11～25）　023

3 子音字母（26～33）、子音符號及母音符號　039

4 基本母音ar（အ、အာ、အား）的發音、單字及生活會話　059

文化常識 「မင်္ဂလာပါ။」（您好！）　074

5 基本母音i（အိ、အီ、အီး）的發音、單字及生活會話　075

文化常識 星期一到星期日的說法　088

6

基本母音u（အု、အူ、အူး）的發音、單字及生活會話　089

文化常識 緬甸人的生肖　100

7

基本母音ay（အေ့、အေ、အေး）的發音、單字及生活會話　101

文化常識 緬甸人的姓氏　116

8

基本母音e（အဲ့、အယ်、အဲ）的發音、單字及生活會話　117

文化常識 緬甸人的命名方式　130

9

基本母音aw（အော့、အော်、အော）的發音、單字及生活會話　131

文化常識 緬甸茶鋪　144

10

基本母音o（အို့、အို、အိုး）的發音、單字及生活會話　145

文化常識 涼拌茶葉　158

附錄：綜合測驗解答　159

1

緬甸語簡介與子音字母（1～10）

學習目標

1. 了解緬甸語的發音概念

2. 了解子音字母的書寫方式及發音

3. 了解字母名稱的由來，以及名稱和字形之間的關係

一、緬甸語簡介

　　緬甸的文字又稱為月亮文字，顧名思義，文字的形狀是以圓形為基礎。緬文和英文一樣屬拼音文字，會拼字的同時也會發音。只不過，英文是橫向拼音，緬文則是上拼、下拼、左拼、右拼，四個方向都有可能拼字。

　　緬甸語共有 33 個子音字母，每一個子音字母都可以單獨發音，也可以單獨成為有意義的字。最後一個字 အ 是子音同時也是母音，我們稱它為元音。此外，在 33 個子音當中有 4 個子音字母（ဝ、ရ、လ、ဟ），是可以變成子音符號後，又和子音字母結合成字，這種結合後的字我們稱它為結合子音。比起英文及中文，緬甸文的子音字母不僅可以單獨發音，也可以和子音符號結合後發音並具有意義，是緬甸文比較特別的地方。

　　緬甸語中不只是子音有多樣性，母音也很多元。母音以符號方式呈現，共有 7 個基本母音、7 個短促母音及 6 個鼻音化母音。7 個基本母音當中有兩個是雙母音，也就是由兩個基本母音符號結合而成的。7 個短促母音當中則有 4 個，是和基本母音結合後才延伸出來的（詳見第三課）。除了 7 個短促母音以外，每個母音都有 3 個音調，比照中文的聲調，本書將音調分為四聲、三聲及重音拉長音，並將重音拉長音用「：」表示。

　　接下來，本書將帶大家認識子音字母、子音符號（單子音符號、雙子音符號、三子音符號）、母音（基本母音、短促母音、鼻音化母音）及音調。

二、子音字母總表

　　緬甸語的 33 個子音，用表格呈現後，為六行又三個字。每一行有五個字，前面五行有發音規律、後兩行沒有規律。第一行字為舌根音，第二行字為舌尖齒音，第三行及第四行字為舌尖齒齦音，第五行字為雙唇音，其他的八個字屬於不規則發音。另外，每一行的首字母發音皆為清音（不送氣），第二個字的發音也是清音（但需要送氣），第三、第四個字皆為濁音，最後一個字則為鼻音。想要説出一口標準的緬甸語，必須要很清楚每個字母在發音時的口腔位置。

▶ MP3-01

	清音 （不送氣）	清音 （送氣）	濁音 （重音）	濁音 （震動）	鼻音
舌根音	1 က ka	2 ခ kha	3 ဂ ga	4 ဃ ga	5 င nga
舌尖齒音	6 စ sa	7 ဆ sa	8 ဇ za	9 ဈ za	10 ည nya
舌尖齒齦音	11 ဋ ta	12 ဌ tha	13 ဍ da	14 ဎ da	15 ဏ na
	16 တ ta	17 ထ tha	18 ဒ da	19 ဓ da	20 န na
雙唇音	21 ပ pa	22 ဖ pha	23 ဗ ba	24 ဘ ba	25 မ ma
其他	26 ယ ya	27 ရ ya	28 လ la	29 ဝ wa	30 ဠ tta
		31 ဟ ha	32 ဠ la	33 အ a	

1

說明

字母的名稱：က ကြီး [ka、gyi:]

က 為字母的發音，ကြီး 為字母的形狀。

ကြီး 的意義是「大」，代表此字母在字母總表「舌根音」中，是除了ဃ 以外形狀最大的字。

發音

1. [ka、]

　　若字句有「跳舞」之意，或「停止」的意思（多用在否定句或疑問句）時，唸 [ka、]。

例如：

ကပါ။ [ka、pa˘]（跳舞吧！）

ကချေသည် [ka、chye˘tte˘]（舞者）

ဒီ့ထက်မက [di˘htet m ka、]（不止這樣）

　　若此字母在名詞、代名詞、名詞詞組或句子之後，表示前者為主語時，唸 [ka、]。

例如：

မ မ က လှ တယ်။
[ma、ma、ka、hla、tae˘]（姊姊漂亮。）

2. [k]

　　若非用於表達以上兩種意義時，則唸 [k]。

例如：

ကလေး [k lei:]（小孩）

ကချင် [k ching˘]（克欽族）

3. [g]

　　也經常變音唸為 [g]。

例如：

ကတိ [g di、]（諾言）

ကစား [g za:]（玩耍）

說明

字母的名稱：ခခွေ: [kha、khwei:]

ခ 為字母的發音，ခွေ: 為字母的形狀。

ခွေ: [khwe:] 的意義是「捲曲」，為了方便發音改唸成 ဂွေ: [gwei:]，但也有部分地區維持唸 [khwe:]。

發音

1. [kha、]

　　字句中有「費用」、「依賴」或「唯唯諾諾」的意思時唸 [kha、]。

例如：

အခ [a kha、]（費用）

ခစား: [kha、zar:]（依賴）

ခခယယ [kha、kha、ya、ya、]（唯唯諾諾）

2. [kh]

　　若非用於表達以上意義時，則唸 [kh]。

例如：

ခဏ [kh na、]（短暫）

ခနဲ့ [kh ne、]（不正經）

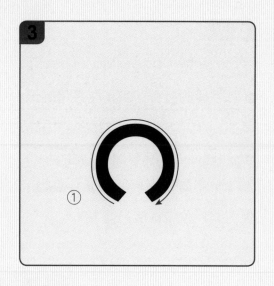

說明

字母的名稱：ဂငယ် [ga、ngeˇ]

ဂ 為字母的發音，ငယ် 為字母的形狀。

ငယ် 的意義是「小」，代表此字母在字母總表「舌根音」中，和 ဃ 的發音相同但形狀較小。

發音

1. [ga、]

當形容詞用時，或要表達此字母的名稱或形狀時唸 [ga、]。

例如：

ဂယနက [ga、ga、na、na、]（精確）

ဂငယ်ကွေ့ [ga、ngeˇgwei、]（迴轉處）

2. [g]

當名詞用時唸 [g]。

例如：

ဂဏန်း [g nan:]（數字）

ဂမုန်း [g moung:]（薑科植物）

說明

字母的名稱：ဃ ကြီး [ga丶 gyi:]

ဃ 為字母的發音，ကြီး 為字母的
形狀。

ကြီး 的意義是「大」，代表此字母
在字母總表「舌根音」中，是形狀
最大的字（和 ဂ 的發音相同但形狀
較大）。

發音

1. [ga丶]

　　此字母通常出現於梵文。

例如：

ဂဃနဏ [ga丶 ga丶 na丶 na丶]（精確）

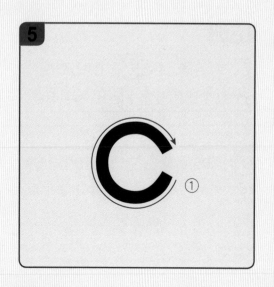

說明

字母的名稱：င [nga、]

င 為字母的發音，名稱裡沒有形狀相關描述。

發音

1. [nga、]

　　當形容詞用時唸 [nga、]。

例如：

လောက်လောက်ငင [lout、lout、nga、nga、]（足夠）

မလောက်မင [ma lout、ma nga、]（不足夠）

2. [nga]

　　當名詞用時放在字首，唸 [nga]。

例如：

ငရဲ [nga ye:]（地域）

ငချိပ်ပေါင်း [nga cheik paung:]（紫米飯）

6

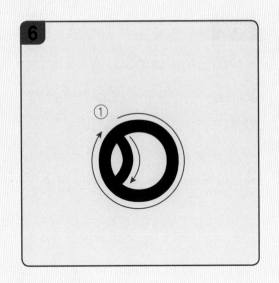

說明

字母的名稱：**စလုံး** [sa、loung:]

စ 為字母的發音，**လုံး** 為字母的形狀。

လုံး 的意義是「圓」，形容此字母沒有缺口，是一個完整的圓。

發音

1. [sa、]

　　若字句有「開始」之意，或用於形容「物品的碎片、零頭」，或有「挑逗、戲弄」之意時，唸 [sa、]。

例如：

ပြိုင်ပွဲစပြီ။ [byaingˇbwae: sa、biˇ]（比賽開始了。）

ပိတ်စ [beik sa、]（布料）

ခွေးကိုမစနဲ့။ [khwei: koˇma、sa、ne、]（不要去挑逗狗。）

2. [s]

　　除了上述的狀況外，皆讀作 [s] 的音。通常也讀成 [z] 的音。

例如：

စကား [s ka:]（語言）

စပါး [s ba:]（稻米）

စကားပြန် [s k byan]（翻譯）

說明

字母的名稱：ဆလိမ် [sa ˋ lein ˇ]

ဆ 為字母的發音，လိမ် 為字母的形狀。

လိမ် 的意義是「捲曲」，形容整個字母的形狀像麻花捲一樣捲起來。

發音

1. [sa ˋ]

　　若字句有「倍數」或「估計」的意思時，唸 [sa ˋ]。

例如：

၂ဆ [hnit ˋ sa ˋ]（兩倍）

ဆခွဲကိန်း [sa ˋ khwe: kein:]（公因數）

ဆတိုးကိန်း [sa ˋ to: kein:]（公倍數）

ဆန [sa ˋ na ˋ]（估計）

2. [s]

　　當名詞用時唸 [s]。

例如：

ဆရာ [s ya ˇ]（師長）

ဆန္နွင်း [s nwin:]（薑黃）

ဆရာဝန် [s yar ˇ win]（醫生）

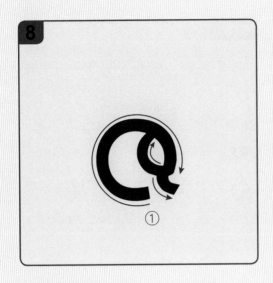

8

①

說明

字母的名稱：ဇကွဲ [za ˋ kwe:]

ဇ 為字母的發音，ကွဲ 為字母的形狀。

ကွဲ 的意義是「破裂」，形容此字母在右下角處有如破裂的形狀。

發音

1. [z]

　　此字母只有一種發音。

例如：

ဇယား [z ya:]（表格）

ဇလုံ [z longˇ]（臉盆）

ဇဝေဇဝါ [z wei ˇz waˇ]（猶豫不決；模糊不清）

說明

字母的名稱：ဈမျဉ်းဆွဲ [za、ming: swe:]

ဈ 為字母的發音，မျဉ်းဆွဲ 為字母的形狀。

မျဉ်း 的意義是「直線」，ဆွဲ 的意義是「畫」，မျဉ်းဆွဲ 是「畫直線」的意思。

發音

1. [za、]

此字母不會單獨出現於句子中，與母音符號結合後才會成為有意義的字。

例如：

ဈေး [zei:]（市集、市場）

ဈေးကြီးတယ် [zei: kyi: te˘]（價格昂貴）

ဈေးချိုတယ် [zei: cho˘te˘]（價格便宜）

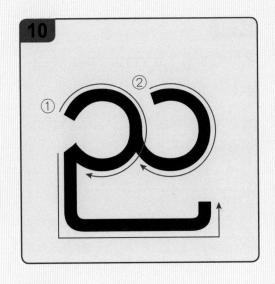

說明

字母的名稱：ည [nya、]

ည 為字母的發音，意義為「夜晚」，名稱裡沒有形狀相關描述。

發音

1. [nya、]

　　此字母只有一種發音。

例如：

ညဈေး [nya、zei:]（夜市）

ညစာ [nya、sarˇ]（晚餐）

ညမွှေးပန်း [nya、hmwu: pan:]（夜來香）

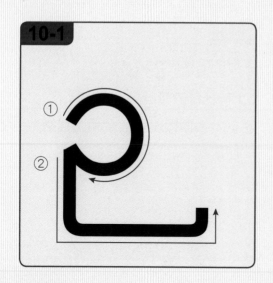

字母的名稱：ညကလေး [nya、g lei:]

ကလေး 的意義為「小」，代表此字母是 ည 的小寫。

發音

1. [nya、]

此字母不會單獨出現於句子中，與母音符號結合後才會成為有意義的字。

例如：

ညက် [nyan]（智慧）

ညက်ကောင်းတယ် [nya、kung: te˘]（聰明）

ညက်ထိုင်း တယ် [nya、taing: te˘]（愚笨）

子音字母（11～25）

說明

字母的名稱：တဝမ်းပူ [taˋ wan: puˇ]

တ 為字母的發音，ဝမ်းပူ 為字母的形狀。

ဝမ်း 的意義是「肚子」，ပူ 的意義是「膨脹」，形容此字母的形狀有如圓滾滾的肚子。

發音

1. [taˋ]

若字句有「思念」的意思，或放在字尾時唸 [taˋ]。

例如：

တမ်းတ [tan taˋ]（思念）

2. [t]

放在量詞前面時唸 [t]，有數字 1 的意思。放在句首且沒有意義時也唸 [t]。

例如：

တခု [t kuˋ]（一個）

တရက် [t yet]（一天）

တခဏ [t k naˋ]（一剎那）

12

說明

字母的名稱：ထဆင်ထူး [sa丶leinˇ]

ထ 為字母的發音，ဆင်ထူး 為字母
的形狀。

ဆင် 的意義是「大象」，ဆင်ထူး
的意思是「大象的腳鐐」。

發音

1. [tha丶]

若字句有「坐起、睡起」、「起風、起浪、起灰塵」、「發病、發脾氣」
或「輕佻」的意思，或當動詞用時，唸 [tha丶]。

例如：

အိပ်ရာထ [eik yarˇtha丶]（起床）

ဖုံ့ထ [phoungˇtha丶]（起灰塵）

ရောဂါထ [yaw: garˇtha丶]（發病）

2. [th]

若非用於表達以上意義時，或當名詞用時，唸 [th]。

例如：

ထမင်း [th min:]（飯）

ထဘီ [th meinˇ]（女性穿的沙龍）

ထရံ [th yanˇ]（籬笆）

13

字母的名稱：ဒေါင်း [daヽ dwei:]

ဒ 為字母的發音，ဒေါင်း 為字母的形狀。

ဒေါင်း 的意義是「最小」，表示此字母和同音字 ဍ、ဎ 相比，形狀較小。

發音

1. [d]

　　此字母只有一種發音。

例如：

ဒကာ [d garˇ]（男施主）

ဒကာမ [d garˇmaヽ]（女施主）

ဒရယ် [d yeˇ]（鹿）

ဒရိုင်ဘာ [d raingˇbarˇ]（司機）

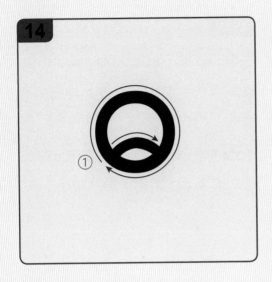

14

說明

字母的名稱：**ေအာက်ခြိုက်**

[za、ming: swe:]

ဒ 為字母的發音，**အောက်ခြိုက်** 為
字母的形狀。

အောက် 的意義是「下方」，**ခြိုက်**
的意義是「凹」，**အောက်ခြိုက်** 是
「下方凹進去」的意思。

發音

1. [d]

　　此字母只有一種發音。

例如：

ဒနရှင် [d n、shingˇ]（資本家）

ဒနီ [d ni、]（棕櫚樹）

ဒေလ့ [d lei、]（習俗）

說明

字母的名稱： နငယ် [na ˋ ngeˇ]

န 為字母的發音，ငယ် 為字母的形狀。

ငယ် 的意義是「小」，表示此字母和同音字 ဏ 相比，形狀較小。

發音

1. [na ˋ]

當形容詞用時唸 [na ˋ]。

例如：

ဂယနက [ga ˋ ga ˋ na ˋ na ˋ]（精確）

2. [n]

當名詞用時唸 [n]。

例如：

နဂါး [n ga:]（龍）

နဝမ [n wa ˋ ma ˋ]（緬甸文言文中的數字 9）

နမူနာ [n muˇnarˇ]（範例）

16

說明

字母的名稱：ဌသန်လျင်းချိတ်

[ta丶 tanˇ(t) lying: gyeik]

ဌ 為字母的發音，သန်လျင်းချိတ်
為字母的形狀。

သန်လျင်း 的意義是「鐵鍊的」，
ချိတ် 的意義是「鈎」，
သန်လျင်းချိတ် 的意思是鐵做的鈎
（通常用於轎子上），形容此字母
的形狀如鐵鈎。

發音

1. [ta丶]

　　此字母通常出現於文言文或佛書中，日常生活中極少用到，目前在緬甸的
基礎教育階段因使用率不高，已取消這個字母的學習。

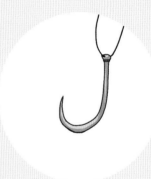

說明

字母的名稱：ဃဝမ်းဘဲ [tha丶 winˇ be:]

ဃ 為字母的發音，ဝမ်းဘဲ 為字母的形狀。

ဝမ်းဘဲ 的意義是「鴨子」，形容此字母的形狀如鴨子般，頭小小、肚子大大的樣子。

發音

1. [tha丶]

此字母不會單獨出現於句子中，與母音符號結合後才會成為有意義的字。也從緬甸基礎教育課程中刪除，以下為日常生活中常看到的單字。

例如：

ဌာနေ [tharˇneiˇ]（故鄉）；ဌာနီ [tharˇneˇ]（故鄉）

ဌာန [tharˇna丶]（部門）

သူဌေး [tha thay:]（富有）

說明

字母的名稱：ဇရင်ကောက်

[za丶 kwe:]

ဇ 為字母的發音，ရင်ကောက် 為字母的形狀。

ရင် 的意義是「胸部」，ကောက် 的意義是「彎彎的」，ရင်ကောက် 是形容此字母的形狀有如女孩子前凸後翹的樣子。

發音

1. [da丶]

　　此字母通常出現於文言文或佛書中，日常生活中極少用到，目前在緬甸的基礎教育階段因使用率不高，已取消這個字母的學習。

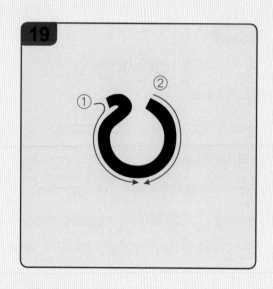

說明

字母的名稱：ပရေမွတ် [za、ming: swe:]

ပ 為字母的發音，ရေမွတ် 為字母的形狀。

ရေ 的意義是「水」，မွတ် 的意義是「瓢子」，ရေမွတ် 是「水瓢」的意思。

發音

1. [da、]

　　此字母通常出現於文言文或佛書中，日常生活中極少用到，目前在緬甸的基礎教育階段因使用率不高，已取消這個字母的學習。

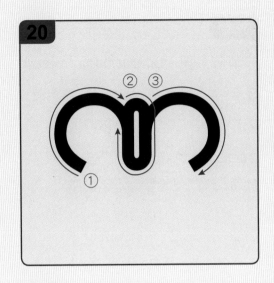

20

說明

字母的名稱：ကကြီး [na﹨ kyi:]

က 為字母的發音，ကြီး 為字母的形狀。

ကြီး 的意義是「大」，代表此字母和同音字 န 相比，形狀較大。

發音

1. [na﹨]

例如：

ခက [k na﹨]（一下）

ပမာဏ [p marˇna﹨]（數量、規模）

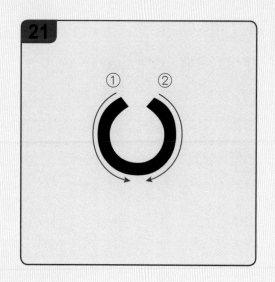

21

① ②

說明

字母的名稱：ပစောက် [pa、zout.]

ပ 為字母的發音，စောက် 為字母

的形狀。

စောက် 的意義是「凹下去」，因

此字母有下凹的形狀而得名。

發音

1. [pa、]

　　若字句有「～外」、「光鮮亮麗」

的意思，或當此字母放在動詞、形容

詞後，為加重語氣時唸 [pa、]。

例如：

ပြည်ပ [pyiˇ pa、]（國外）

လှပ [lah、 pa、]（漂亮）

တောက်ပ [tout pa、]（亮麗）

2. [p]

　　此字母放在字首並且沒有意義時

唸 [p]。

例如：

ပထမ [p t ma、]（第一）

ပကတိ [p g ti、]（原有的樣子）

說明

字母的名稱：ဖဦးထုပ် [pa、u: toke、]

ဖ 為字母的發音，ဦးထုပ် 為字母的形狀。

ဦး 的意義是「頭、首」，ထုပ် 的意義是「包住」，ဦးထုပ် 的意思就是「帽子」。

發音

1. [pha、]

若字句中有「父親」或「雄性」的意思時唸 [pha、]。

例如：

ဖခင် [pha、khing˘]（父親）

ကြက်ဖ [kyet、pha、]（公雞）

2. [ph]

此字母放在字首並且沒有意義時唸 [ph]。

例如：

ဖရဲသီး [ph ye: thi:]（西瓜）

ဖယောင်းတိုင် [ph yaung: taing˘]（蠟燭）

ဖဝါး [ph wa:]（掌心）

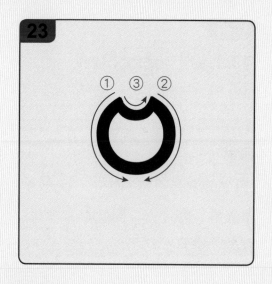

說明

字母的名稱：ပထက်ခြိုက်

[ba、htet:]

ပ 為字母的發音，ထက်ခြိုက် 為字母的形狀。

ထက် 的意義是「上方」，ခြိုက် 的意義是「凹陷」，ထက်ခြိုက် 意思是「上方有凹陷」。

發音

1. [ba、]

除了字母本身之外，並沒有其他字句唸 [ba、]。

2. [b]

此字母放在字首並且沒有意義時唸 [b]。

例如：

ပဟို [b ho˘]（中心點）

ပလကြီး [b la、kyi:]（大力士）

ပလာစာရွက် [b lar˘sar˘ywet]（空白紙）

說明

字母的名稱： ဘကုန်း

[ba、koung:]

ဘ 為字母的發音，ကုန်း 為字母的形狀。

ကုန်း 的意義是「彎」，因此字母的形狀很像彎腰駝背的老人而得名。

發音

1. [ba、]

　　若字句中有「父親」、「男性長輩」的意思時唸 [ba、]。

例如：

မိဘ [mi、ba、]（父母）

ဘကြီး [ba、kyi:]（大伯）

2. [b]

　　此字母放在字首並且沒有意義時唸 [p]。

例如：

ဘဝ [b wa、]（生活）

ဘဝင်မြင့် [b wing˘mying、]（高高在上）

ဘဝပြောင်း [b wa、pyaung:]（生活型態的改變，例：從貧窮到富有、從未婚到已婚）

說明

字母的名稱：ဃ [ma、]

ဃ 為字母的發音，名稱裡沒有形狀
相關描述。

發音

1. [ma、]

　　若字句中有「雌性」、「大的或主要的」、「抬或舉」或「保佑」的意思
時唸 [ma、]。

例如：

ကြက်မ [kyet、ma、]（母雞）

လမ်းမ [lan: ma、]（主要的道路）

အလေးမ [a lei: ma、]（舉重）

2. [m]

　　若字句中有否定意味，或放在字首而沒有意義時唸 [m]。

例如：

မကြာမီ [m kyarˇmiˇ]（不久的將來）

မစားဘူး [m sar: bu:]（不吃）

မနာလို [m narˇlo]（忌妒）

3

子音字母（26～33）、
子音符號及母音符號

學習目標

1. 了解子音字母的書寫方式及發音
2. 認識子音符號及其發音
3. 認識母音符號及其發音

說明

字母的名稱：ယပက်လက် [ya、p let、]

ယ 為字母的發音，ပက်လက် 為字母的形狀。

ပက်လက် 有「仰躺」的意思，形容此字母有點四腳朝天的樣子。

發音

1. [ya、]

　　此字母出現在字尾時唸 [ya、]。

例如：

ဝိရိယ [w ri、ya、]（勤奮）

ယုယ [yu、ya、]（溫柔）

ကာယ [ka˘ya、]（身體）

備註：ယ 也可以變成符號（‑ျ）後再與其他子音結合。與其他子音結合時也唸 [ya、] 的音。

2. [y]

　　此字母放在字首而沒有意義時唸 [y]。

例如：

ယခု [y ku、]（現在）

ယခင် [y king˘]（之前）

27

說明

字母的名稱：ရကောက်

[ya ˋ kout ˋ]

ရ 為字母的發音，ကောက် 為字母
的形狀。

ကောက် 的意義是「彎曲」，因此
字母有彎曲的形狀而得名。

發音

1. [ya ˋ]

　　與 ယ 同音。若字句中有「掌
握」、「有或得到或收到」、「准
許或可以」的意思時唸 [ya ˋ]。

例如：

မိမိရ [mi ˋ mi ˋ ya ˋ ya ˋ]
（掌握）

အရိပ်ရ [a yeike ya ˋ]（有樹蔭）

ရလား။ [ya ˋ lar:]（可以嗎？）

備註：ရ 也可以變成符號（┌──┐）後
再與其他子音結合。與其他子音結
合時也唸 [ya ˋ] 的音。

2. [y]

　　與 ယ 同音。當名詞用時，或
當此字母放在字首而沒有意義時唸
[y]。

例如：

ရထား [y thar:]（火車）

ရတနာ [y d narˇ]（珠寶）

ရဟန်း [y han:]（僧人）

3. [ra ˋ]

　　在讀外來語或巴利文時要發出
捲舌音 [ra ˋ]。

例如：

ဝီရ [wiˇra ˋ]（勇敢）

ရုရှား [ra ˋ sha:]（Russia，俄羅斯
的國名）

說明

字母的名稱：လ [laˋ]

လ 為字母的發音，名稱裡沒有形狀相關描述。

發音

1. [laˋ]

若字句中有「月亮」或與月份相關的意思時唸 [laˋ]。

例如：

လကုန် [laˋ koungˇ]（月底）

လစာ [laˋ saˇ]（月薪）

လပြည့် [laˋ pyeiˋ]（圓月）

例外：ဗလကြီး [b laˋ kyi:]（大力士），雖與月無關但還是唸 [laˋ]。

2. [l]

此字母放在字首而沒有意義時唸 [l]。

例如：

လဟာပြင် [l haˇ pyingˇ]（空地、露天）

နွားလပို့ [nwar: l boˋ]（牛頸上的肉峯）

ပျားလပို့ [pyar: l boˋ]（蜂窩）

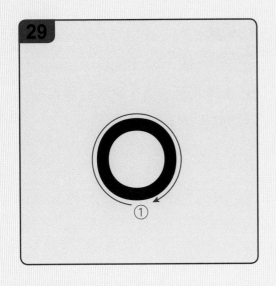

說明

字母的名稱：ဝလုံး [waˋ loung:]

ဝ 為字母的發音，လုံး 為字母的形狀。

လုံး 是「圓」的意思。

發音

1. [wa]

若字句中有「口」、「肥胖」、「足夠或飽」的意思時唸 [wa]。

例如：

တံခါးဝ [d gar: waˋ]（門口）

လူဝ [luˇ waˋ]（胖的人）

ဝပြီလား။ [waˋ pyiˇ lar:]（飽了嗎？）

2. [w]

此字母放在字首而沒有意義時唸 [w]。

例如：

ဝရံတာ [w ranˇ tarˇ]（veranda，陽台的外來語）

ဝရမ်းပြေး [w yan: pyei:]（通緝犯）

ဝသန် [w thanˇ]（初夏）

說明

字母的名稱：သ [tta]

သ 為字母的發音，名稱裡沒有形狀相關描述。

發音

1. [tta]

　　若字句中有「打扮」或「修飾」的意思，或此字母放在單音節的後面，為加強語氣時唸 [tha丶]。

例如：

ဆံသဆိုင် [san丶 tha丶 saing˅]（理髮店）

ကုသ [ku丶 tha丶]（醫治）

ပီသ [pi˅tha丶]（清楚）

2. [th]

　　此字母放在字首而沒有意義時唸 [th]。

例如：

သတင်းစာ [th tin: sar˅]（報紙）

သနပ်ခါး [th nat.kar:]（黃香楝樹）

သဘာဝ [th bar˅wa丶]（天然）

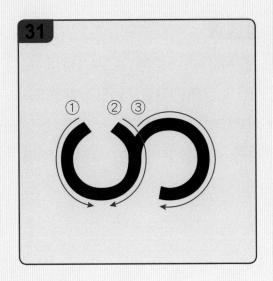

說明

字母的名稱：ဟ [ha丶]

ဟ 為字母的發音，名稱裡沒有形狀相關描述。

發音

1. [ha丶]

　　若字句中有「張開、裂開」的意思，或帶有驚訝語氣時唸 [ha丶]。

例如：

ပါးစပ်ဟ။ [p sat ha丶]（張開嘴。）

တံခါးဟ။ [d gar: ha丶]（門開著一條縫。）

ဟ!ကွဲပြီ။ [ha丶 kwe: pi:]（啊！破了。）

2. [h]

　　讀外來語時，或此字母放在字首而沒有意義時唸 [h]。

例如：

ဟလို [h lo˘]（Hello，你好的外來語）

說明

字母的名稱：ဠကြီး [laˋ kyi:]

ဠ 為字母的發音，ကြီး 為字母的
形狀。

ကြီး 的意義是「大」，表示此字母
和同音字 လ 相比，形狀較大。

發音

1. [laˋ]

　　此字母通常出現於文言文或佛書中，日常生活中極少用到，目前在緬甸的
基礎教育階段因使用率不高，已取消這個字母的學習。

發音

1. [aˋ]

若字句中有「笨、啞」的意思，或當此字母放在某些巴利文詞前以表示否定意味時唸 [aˋ]。

例如：

လူအ [luˇ aˋ]（笨的人）

ဆွံ့ အ [swanˋ aˋ]（啞巴）

အမင်္ဂလာ [aˋ mingˇ g larˇ]（不吉利）

2. [a]

當此字母加在動詞前，使動詞變成名詞時唸 [a]。

例如：

အလုပ် [a loke]（工作）

အကူ [a kuˇ]（助手）

အပေါက် [a pout]（洞）

二、子音符號

　　子音字母中的 ဝ、ရ、လ、ဝ 變成符號後與子音做結合，這些符號在本書中稱為子音符號。此 4 個子音符號再延伸成為 5 個雙子音符號（由兩個子音符號組成），及 2 個三子音符號（由三個子音符號組成）共 11 個子音符號。子音符號無法單獨發音，也無法單獨書寫成為一個字，必須與子音字母結合後（稱為「結合子音」）才能發音並成字。

子音符號總表

	編號	子音符號	子音	符號的結合
單子音符號	1	⣀	ဝ	⣀
	2	⣀	ရ	⣀
	3	⣀	ဝ	⣀
	4	⣀	လ	⣀
雙子音符號	5	⣀	ဝ+ဝ	⣀ + ⣀
	6	⣀	ရ+ဝ	⣀ + ⣀
	7	⣀	ဝ+လ	⣀ + ⣀
	8	⣀	ရ+လ	⣀ + ⣀
	9	⣀	ဝ+လ	⣀ + ⣀
三子音符號	10	⣀	ဝ+ဝ+လ	⣀ + ⣀ + ⣀
	11	⣀	ရ+ဝ+လ	⣀ + ⣀ + ⣀

1. 單子音符號

（1）ယ 的符號為 ျ，拼字時圍繞在字的右邊。與子音字母結合後才變成字。
例如：ကျ｜ချ｜ဂျ｜ပျ｜ဖျ｜ဗျ

（2）ရ 的符號為 ြ，拼字時圍繞在字的左半部。與子音字母結合後才變成字。
例如：ကြ｜ဂြ｜ပြ｜ဖြ｜မြ｜ဖြ

（3）ဝ 的符號為 ွ，拼字時拼在字的正下方。與子音字母結合後才變成字。
例如：ကွ｜ခွ｜ဂွ｜ဒွ｜တွ｜ပွ

（4）ဟ 的符號為 ှ，拼字時大部分拼在字的右下方。與子音字母結合後才
變成字。例如：ငှ｜နှ｜မှ｜လှ｜ရှ

2. 雙子音符號

（5）ယ＋ဝ 的符號為 ွျ，拼字時先寫 ျ 再寫 ွ。與子音字母結合後才變成
字。例如：ကျွ｜ချွ

（6）ရ＋ဝ 的符號為 ြွ，拼字時先寫 ြ 再寫 ွ。與子音字母結合後才變成
字。例如：ကြွ｜မြွ

（7）ယ＋ဟ 的符號為 ျှ，拼字時先寫 ျ 再寫 ှ。與子音字母結合後才變
成字。例如：မျှ｜လျှ

（8）ရ＋ဟ 的符號為 ြှ，拼字時先寫 ြ 再寫 ှ。與子音字母結合後才變
成字。例如：မြှ｜မြှ

（9）ဝ＋ဟ 的符號為 ွှ，拼字時先寫 ွ 再寫 ှ。與子音字母結合後才變成字。
例如：လွှ｜မွှ｜နွှ

3. 三子音符號

（10）ယ＋ဝ＋ဟ 的符號為 ွျှ，拼字時先寫 ျ 再寫 ွ，最後寫 ှ。與子音

　　字母結合後才變成字。例如：ဗျ

（11）ရ+ဝ+ဉ 的符號為 ⌐⁚，拼字時先寫 ⌐⁻ 再寫 ⁻⁚，最後寫 ⁻⁚。拼字時圍
　　　繞在字的左半部。與子音字母結合後才變成字。例如：ွ

備註

ရ 變成符號後以六種形式出現：1、⌐。2、⌐。3、⌐。4、⌐。5、⌐。6、⌐。
符號 1、2 和 3 用於單體字，例如：ယ、ဝ、င、ဓ、၃、ဖ、ၑ。若單體字有上加
符號則用符號 2，若單體字有下加符號則用符號 3。符號 4、5 和 6 用於雙體字，
例如：က、ထ。若雙體字有上加符號，則要使用符號 4。若雙體字有下加符號，
則使用符號 6。

4. 拼音練習：子音符號與子音字母結合後的發音方式 ▶ MP3-02

	符號	拼音練習（常見的結合子音）					
單子音符號	┓ ya	ကျ kya	ချ cha	ဂျ gha	ပျ pya	ဖျ phya	ဗျ beya
	口 ya	ကြ kya	ခြ cha	ဂြ gha	ပြ pya	ဖြ phya	
	္ဝ wa	ကွ kwa	ခွ khwa	ဂွ gwa	ဆွ swa	တွ twa	ပွ pwa
	┐ ha	ငှ ngha	နှ nha	မှ mha	လှ lha	ရှ sha	
雙子音符號	┓ ywa	ကျွ kywa	ချွ khywa				
	口 ywa	ကြွ kywa	ခြွ khywa				
	┓ yha	မျှ myha	လျှ lhya				
	口 yha	ငြှ nyha	မြှ myha				
	္ဝ wha	လွှ lhwa	မွှ mhwa	နွှ nhwa			
三子音符號	┓ ywha	မျွှ mhywa					
	口 ywha	မြွှ mhywa					

三、母音符號

　　緬甸語的母音分為三種：1. 基本母音 2. 短促母音 3. 鼻音化母音。皆以符號呈現。

1. 基本母音

　　緬甸語中共有 7 個基本母音，每個都有 3 個音調（共 21 個音）。其中有兩個是雙母音（由兩個母音組成），分別是下方表格中的第六項（由第一項和第四項組成）和第七項（由第二項和第三項的組成）。

基本母音表

編號	基本母音	四聲	三聲	長音
1	發音	ar ˋ	ar ˇ	ar ：
	符號 1	-ာ့	-ာ	-ာ：
	符號 2	-ါ့	-ါ	-ါ：
2	發音	i ˋ	i ˇ	i ：
	符號 1	◌ိ	◌ီ	◌ီ：
	符號 2	--ည့်	--ည်	--ည်：
3	發音	u ˋ	u ˇ	u ：
	符號 1	◌ု	◌ူ	◌ူ：
4	發音	ay ˋ	ay ˇ	ay ：
	符號 1	ေ--့	ေ--	ေ--：
	符號 2	--ည့်	--ည်	--ည်：

編號	基本母音	四聲	三聲	長音
5	發音	e、	eˇ	e：
	符號 1	ं	--ယ်	ੈ
	符號 2	--ည့်	--ည်	--ည်း
6 **(1+4)**	發音	aw、	awˇ	aw：
	符號 1	ေ—ာ့	ေ—ာ်	ေ—ာ
	符號 2	ေ—ၢ့	ေ—ၢ်	ေ—ၢ
7 **(2+3)**	發音	o、	oˇ	o：
	符號 1	ို့	ို	ိုး

2. 短促母音

　　短促母音的符號，是取字母總表中前 4 行的首字母，加上 ်ै 這個符號變來的，我們稱這符號為「အသတ်」。以下依照字母總表中的排序，介紹構成各短促母音符號的重要元素（雛型），詳細符號請見本課最後的母音符號總表。

　　請注意：最後一行的 ဎ 不是短促母音，也就是短促母音的雛型只有三種，其中兩者因可以和基本母音結合後，再延伸出四個短促母音，所以短促母音共有七個。

短促母音雛型表

字母編號	符號雛形	使用該雛型的發音	說明
1	က်	et out aik	此符號為字母總表中第一行第一個字。與元音 အ 組合後變成 အက်，發音為 et。也可以和基本母音 အော、အို 組合發音。 例如：與 အော 組合後變成 အောက်，發音為 out。 　　　與 အို 組合後變成 အိုက်，發音為 aik。
6	စ်	it	此符號為字母總表中第二行第一個字，不能與基本母音結合。
11	တ်	at eik oke	此兩個符號依序為字母總表中第三行及第五行的第一個字母，子音與此兩個母音結合後，會變成 အတ် 及 အပ်，發音皆為為 at。除了與 33 個字母及子音符號組合發音外，也可以和基本母音 အိ、အု 組合發音。 例如：အိ 變成 အိတ် 及 အိပ်，發音皆為 eik。 　　　အု 變成 အုတ် 及 အုပ်，發音皆為 oke。
21	ပ်		
26	ယ်	非短促母音	與基本母音 အဲ 同音的子音字母，例如：အယ်

3. 鼻音化母音

鼻音化母音的符號，是取字母總表中前 5 行的最後一個字母，加上 ‌ំ 這個符號變成的，我們稱這符號為「အသတ်」。以下依照字母總表中的排序，介紹構成各鼻音化母音符號的重要元素（雛型），詳細符號請見本課最後的母音符號總表。

鼻音化母音雛型表

字母編號	符號雛型	使用該雛型的發音	説明
5	င်		此兩個符號依序為字母總表中第一行及第二行的最後一個字母，符號為 ည 的小寫，大寫和寫成為符號後發音不同，子音與此兩個字結合後，會變成同音不同字。除了與 33 個字母及子音符號組合發音外，也可以和母音 ‌ော ၊ ‌ို 組合發音。母音 ‌ော ၊ ‌ို 無法與符號 ဉ် 組合成字。
(10-1)	ဉ်	ing aung aing	例如：အင့် ၊ အင် ၊ အင်း အဉ့် ၊ အဉ် ၊ အဉ်း ‌အောင့် ၊ ‌အောင် ၊ ‌အောင်း အိုင့် ၊ အိုင် ၊ အိုင်း
10	ည	非鼻音化母音	此符號為字母總表中第二行的最後一個字母。與基本母音符號 ‌ီ 同音，會出現在基本母音的音調當中，例如：အည့်、အည、အည်း

字母編號	符號雛型	使用該雛型的發音	説明
15	န်	an ein oung	此三個符號依序為字母總表中第三行、第四行及第五行的最後一個字，子音與此三個字結合後，會變成同音不同字，除了與 33 個字母及子音字母組合發音外，也可以和母音 အိ၊ အု 組合發音。此三個符號互為同音。例如：
20	ဢ်		
25	မ်	an ein oung	အန့်၊ အန်၊ အန်း။　　အမ့်၊ အမ်၊ အမ်း။ အိန့်၊ အိန်၊ အိန်း။　　အိမ့်၊ အိမ်၊ အိမ်း။ အုန့်၊ အုန်၊ အုန်း။　　အုမ့်၊ အုမ်၊ အုမ်း။ အုံ့၊ အုံ၊ အုံး။ ဢ် 較少見，不在此作舉例。

母音符號總表

	基本母音			短促母音	鼻音化母音		
	四聲	三聲	長音	沒有聲調	四聲	三聲	長音
發音	ar ˋ	ar ˇ	ar ：	at	an ˋ	an ˇ	an ：
符號 1	◌ာ့	◌ာ	◌ား	◌တ်	◌န့်	◌န်	◌န်း
符號 2	◌ါ့	◌ါ	◌ါး	◌ဉ်	◌မ့်	◌မ်	◌မ်း
符號 3					◌ံ့	◌ံ	
發音	i ˋ	i ˇ	i ：	eik	ein ˋ	ein ˇ	ein ：
符號 1	◌ိ	◌ီ	◌ီး	◌ိတ်	◌ိန့်	◌ိန်	◌ိန်း
符號 2	◌ည့်	◌ည်	◌ည်း	◌ိဉ်	◌ိမ့်	◌ိမ်	◌ိမ်း
發音	u ˋ	u ˇ	u ：	oke	oung ˋ	oung ˇ	oung ：
符號 1	◌ု	◌ူ	◌ူး	◌ုတ်	◌ုန့်	◌ုန်	◌ုန်း
符號 2				◌ုဉ်	◌ုမ့်	◌ုမ်	◌ုမ်း
符號 3					◌ုံ့	◌ုံ	◌ုံး
發音	ay ˋ	ay ˇ	ay ：	it	ing ˋ	ing ˇ	ing ：
符號 1	ေ◌့	ေ◌	ေ◌း	◌ိဉ်	◌င့်	◌င်	◌င်း
符號 2	◌ည့်	◌ည်	◌ည်း		◌ဉ့်	◌ဉ်	◌ဉ်း
發音	e ˋ	e ˇ	e ：	et			
符號 1	◌ဲ့	◌ယ်	◌ဲ	◌က်			
符號 2	◌ည့်	◌ည်	◌ည်း				
發音	aw ˋ	aw ˇ	aw ：	out	aung ˋ	aung ˇ	aung ：
符號 1	ေ◌ာ့	ေ◌ာ်	ေ◌ာ	ေ◌ာက်	ေ◌ာင့်	ေ◌ာင်	ေ◌ာင်း
符號 2	ေ◌ါ့	ေ◌ါ်	ေ◌ါ	ေ◌ါက်	ေ◌ါင့်	ေ◌ါင်	ေ◌ါင်း
發音	o ˋ	o ˇ	o ：	aik	aing ˋ	aing ˇ	aing ：
符號 1	◌ို့	◌ို	◌ိုး	◌ိုက်	◌ိုင့်	◌ိုင်	◌ိုင်း

MEMO

基本母音ar
（အ、အာ、အား）
的發音、單字及生活會話

學習目標

1. 基本母音 ar（အ、အာ、အား）的發音、符號及聲調

2. 練習 33 個子音字母與 အ、အာ、အား 組合後的發音方式及
   其單字

3. 學習子音符號與 အ、အာ、အား 組合後的發音方式及其單字

4. 會話練習：打招呼的用語 1

5. 文化常識：မင်္ဂလာပါ။（您好！）

一、基本母音ar的聲調與符號

發音	ar丶	arˇ	ar：
符號 1	--ာ့	--ာ	--ား
例如	အ / အာ့	အာ	အား
符號 2	--ါ့	--ါ	--ါး
例如	ရှိ	ဒါ	ဒါး
備註	（1）符號 1 適用於 ခ、ဂ、င、ဒ、ပ、ဝ 以外的子音字母 （2）符號 2 僅用於 ခ、ဂ、င、ဒ、ပ、ဝ		

　　緬甸語的聲調排列，對臺灣的注音符號學習者來說，是以第四聲、第三聲及高音拉長音的方式呈現。母音 ar丶 / arˇ / ar：以兩種符號出現：第一種為 --ာ့ / --ာ / --ား、第二種為 --ါ့ / --ါ / --ါး。大部分的字母都以第一種符號做結合，只有其中六個字母（ခ、ဂ、င、ဒ、ပ、ဝ）以第二種符號做結合。原因是這六個字母若加上第一種符號 --ာ့ / --ာ / --ား，容易與其他的字母混淆。例如：ဒ、ပ、ဝ 加上 --ာ 會變成 အ、တ、ထ，所以必須使用 --ါ，寫成 ဒါ、ပါ、ဝါ。

　　子音的每個字母都以第四聲發音，通常不會加上任何的符號。有時會加上符號 --ာ့ 或 --ါ့ 表示第四聲的讀音，例如：အ / အာ့ 及 ခ / ခါ့。

二、拼音練習 ▶MP3-03

運用 2 種符號，將 33 個子音字母與基本母音 ar 的 3 個聲調（အ、အာ、အား）相結合。

	使用符號 1 的組合			
符號 1 / 子音字母	--ာ့ ar、		--ာ arˇ	--ား ar：
က k	က	ကာ့	ကာ	ကား
စ s	စ	စာ့	စာ	စား
ဆ s	ဆ	ဆာ့	ဆာ	ဆား
ဇ z	ဇ	ဇာ့	ဇာ	ဇား
ဈ z	ဈ	ဈာ့	ဈာ	ဈား
ည ny	ည	ညာ့	ညာ	ညား
တ t	တ	တာ့	တာ	တား
ထ th	ထ	ထာ့	ထာ	ထား
န n	န	နာ့	နာ	နား
ဖ ph	ဖ	ဖာ့	ဖာ	ဖား
ဗ b	ဗ	ဗာ့	ဗာ	ဗား
ဘ b	ဘ	ဘာ့	ဘာ	ဘား
မ m	မ	မာ့	မာ	မား
ယ y	ယ	ယာ့	ယာ	ယား

子音字母＼符號 1	使用符號 1 的組合		
	-ာ့　ar ˋ	-ာ　ar ˇ	-ား　ar ：
ဒ d	ဒ	ဒာ့	ဒာ	ဒား
ရ y	ရ	ရာ့	ရာ	ရား
လ l	လ	လာ့	လာ	လား
သ tt	သ	သာ့	သာ	သား
ဟ h	ဟ	ဟာ့	ဟာ	ဟား
အ a	အ	အာ့	အာ	အား

子音字母＼符號 2	使用符號 2 的組合		
	-ါ့　ar ˋ	-ါ　ar ˇ	-ါး　ar ：
ခ kh	ခ	ခါ့	ခါ	ခါး
ဂ g	ဂ	ဂါ့	ဂါ	ဂါး
င ng	င	ငါ့	ငါ	ငါး
ဒ d	ဒ	ဒါ့	ဒါ	ဒါး
ပ p	ပ	ပါ့	ပါ	ပါး
ဝ wa	ဝ	ဝါ့	ဝါ	ဝါး

三、基本母音ar的相關單字及短句 ▶ MP3-04

1. ကား　　車子

2. သား　　兒子

3. စား　　吃

4. ဆား　　鹽

5. ဓား　　刀

6. ဝါး　　竹子／咬

7. နား　　耳朵

8. ငါ　　　我

9. ငါး　　魚

10. ဖား　　青蛙

11. ဆရာမ ／ ဆရာ　　女老師／男老師

12. ဒါဘာလဲ။　　這是什麼？

13. လာမလား။　　要來嗎？

14. စားမလား။　　要吃嗎？

15. ဒါလား။　　是這個嗎？

16. အားလား။　　有空嗎？

四、拼音練習　▶ MP3-05

將子音符號與基本母音 ar 的 3 個聲調（အ、အာ、အား）相結合。

※ 注意：子音符號因無法與基本母音 ar 的符號 2 結合成字，以下暫不練習。

（一）單子音符號 ◌ှ

子音字母與子音符號 ◌ှ 結合後，子音要加上 ya、 的音，例如：က 加上 ◌ှ 變成 ကျ，唸 k＋ya、（kya、），而 ကျ 再與 3 個聲調的符號 1（◌ှ、◌ှာ、◌ှား）結合後變成 ကျ、ကျာ、ကျား。

以下表格列舉了幾個子音字母，請與單子音符號 ◌ှ 及基本母音 ar 的 3 個聲調（符號 1）做結合，並練習發音。

聲調　　　　子音字母	單子音符號 ◌ှ ＋符號 1（◌ှ、◌ှာ、◌ှား） y ＋ ar		
	◌ှ　yar、	◌ှာ　yarˇ	◌ှား　yar：
က　k	ကျ	ကျာ	ကျား
ခ　kh	ချ	ချာ	ချား
င　ng	ငျ	ငျာ	ငျား
ပ　p	ပျ	ပျာ	ပျား
ဖ　ph	ဖျ	ဖျာ	ဖျား
ဗ　b	ဗျ	ဗျာ	ဗျား
မ　m	မျ	မျာ	များ

（二）單子音符號 ◌ျ

與 ◌ြ 同音，唸 ya、。

子音字母與子音符號 ◌ျ 結合後，子音要加上 ya、 的音，例如：က 加上 ◌ျ 變成 ကျ，唸 k + ya、（kya、），而 ကျ 再與 3 個聲調的符號 1（◌ား、◌ာ、◌ား）結合後變成 ကျ、ကျာ、ကျား。

以下表格列舉了幾個子音字母，請與單子音符號 ◌ျ 及基本母音 ar 的 3 個聲調（符號 1）做結合，並練習發音。

子音字母 ＼ 聲調	單子音符號 ◌ျ ＋符號 1（◌ား、◌ာ、◌ား） y + ar		
	◌ျ yar、	◌ျာ yar˘	◌ျား yar：
က k	ကျ	ကျာ	ကျား
ခ kh	ချ	ချာ	ချား
ဂ g	ဂျ	ဂျာ	ဂျား
ပ p	ပျ	ပျာ	ပျား
ဖ ph	ဖျ	ဖျာ	ဖျား
ဗ b	ဗျ	ဗျာ	ဗျား
မ m	မျ	မျာ	များ

（三）單子音符號 ◌ွ

子音字母與單子音符號 ◌ွ 結合後，子音要加上 wa、的音，例如：က 加上 ◌ွ 變成 ကွ，唸 k + wa、（kwa、），而 ကွ 再與 3 個聲調的符號 1（◌ာ့、◌ာ、◌ား）結合後變成 ကွ、ကွာ、ကွား。

以下表格列舉了幾個子音字母，請與單子音符號 ◌ွ 及基本母音 ar 的 3 個聲調（符號 1）做結合，並練習發音。

	單子音符號 ◌ွ ＋符號 1（◌ာ့、◌ာ、◌ား） w ＋ ar		
子音字母＼聲調	◌ွ　war、	◌ွာ　warˇ	◌ွား　war：
က k	ကွ	ကွာ	ကွား
ခ kh	ခွ	ခွာ	ခွား
စ s	စွ	စွာ	စွား
တ t	တွ	တွာ	တွား
ထ th	ထွ	ထွာ	ထွား
န n	နွ	နွာ	နွား
ပ p	ပွ	ပွာ	ပွား
ဖ ph	ဖွ	ဖွာ	ဖွား
ဘ b	ဘွ	ဘွာ	ဘွား
ရ y	ရွ	ရွာ	ရွား
သ tt	သွ	သွာ	သွား

（四）單子音符號 ◌ှ

子音字母與單子音符號 ◌ှ 結合後，子音要加上 ha、的音，例如：မ 加上 ◌ှ 變成 မှ，唸 m＋ha、（mha、），而 မှ 再與 3 個聲調的符號 1（-◌ာ့、-◌ာ、-◌ား）結合後變成 မှာ့、မှာ、မှား。

以下表格列舉了幾個子音字母，請與單子音符號 ◌ှ 及基本母音 ar 的 3 個聲調（符號 1）做結合，並練習發音。

子音字母 ＼ 聲調	單子音符號 ◌ှ ＋符號 1（-◌ာ့、-◌ာ、-◌ား） h ＋ ar		
	◌ှ har、	◌ှာ har˅	◌ှား har：
င ng	ငှ	ငှာ	ငှား
ည ny	ညှ	ညှာ	
မ m	မှ	မှာ	မှား
န n	နှ	နှာ	နှား
ရ y	ရှ	ရှာ	ရှား
လ l	လှ		

小提醒

ရ＋ ◌ှ（ရှ）要唸成 sha、，而不是 yha、。

（五）雙子音符號 ႙

႙ 這個符號是以 ⊥ 及 ့ 兩種單子音符號結合而成。

子音字母與雙子音符號 ႙ 結合後，子音要加上 ywa、 的音，例如：က 加上 ႙ 變成 ကျ，唸 k＋ywa、（kywa、），而 ကျ 再與 3 個聲調的符號 1（--ႆ、--ာ、--ား）結合後變成 ကျ、ကျာ、ကျား。

以下表格以子音字母 က 為例，請與雙子音符號 ႙ 及基本母音 ar 的 3 個聲調（符號 1）做結合，並練習發音。（緬文字當中與這符號可結合的字原則上只有 က，有些外來語若需要發 ywar 的音，可用其他子音字母搭配。）

子音字母 ＼ 聲調	雙子音符號 ႙ ＋符號 1（--ႆ、--ာ、--ား） yw ＋ ar		
	႙　ywar、	-ာ　ywarˇ	-ား　ywar：
က k	ကျ	ကျာ	ကျား

（六）雙子音符號 ⊡

⊡ 這個符號是以 ⊡ 及 ့ 兩種單子音符號結合而成。與雙子音符號 ႙ 發音相同。

子音字母與雙子音符號 ⊡ 結合後，子音要加上 ywa、 的音，例如：က 加上 ⊡ 變成 ကြ，唸 k＋ywa、（kywa、），而 ကြ 再與 3 個聲調的符號 1（--ႆ、--ာ、--ား）結合後變成 ကြ、ကြာ、ကြား。

以下表格以子音字母 က 為例，請與雙子音符號 ⊡ 及基本母音 ar 的 3 個聲調（符號 1）做結合，並練習發音。（緬文字當中與這符號可結合的字原則上只有 က，有些外來語若需要發 ywar 的音，可用其他子音字母搭配。）

雙子音符號 ◌ြ + 符號 1（-ာ့、-ာ、-ား）		
yw + ar		
聲調 子音字母	◌ြ ywar、	◌ြာ ywarˇ	◌ြား ywar：
က k	ကြ	ကြာ	ကြား

（七）雙子音符號 ◌ှ

◌ှ 這符號是以 ◌ှ 及 -- 兩種單子音符號結合而成。

子音字母與雙子音符號 ◌ှ 結合後，子音要加上 yha、的音，例如：မ 加上 ◌ှ 變成 မှ，唸 m + yha、（myha、），而 မှ 再與 3 個聲調的符號（-ာ့、-ာ、-ား）結合後變成 မှ、、မှာ、、မှား。

以下表格列舉了幾個子音字母，請與雙子音符號 ◌ှ 及基本母音 ar 的 3 個聲調（符號 1）做結合，並練習發音。

雙子音符號 ◌ှ + 符號 1（-ာ့、-ာ、-ား）		
yh + ar		
聲調 子音字母	◌ှ yhar、	◌ှာ yharˇ	◌ှား yhar：
မ m	မှ	မှာ	မှား
လ l	လှ	လှာ	လှား

┌─ 小提醒 ─────────────────
│ လှာ 是多音字，也可唸成 syhaˇ。
└─────────────────────

（八）雙子音符號 ͙

ͦ 這個符號是以 ͦ 及 ͦ 兩種單子音符號結合而成。

子音字母與雙子音符號 ͦ 結合後，子音要加上 wha、的音，例如：ㅂ 加上 ͦ 變成 ㅂ，唸 m＋wha、（mwha、），而 ㅂ 再與 3 個聲調的符號 1（ --ͻ、--ͻ、--ͻː）結合後變成 ㅂ、、ㅂͻ、、ㅂͻː。

以下表格列舉了幾個子音字母，請與雙子音符號 ͦ 及基本母音 ar 的 3 個聲調（符號 1）做結合，並練習發音。

	雙子音符號 ͦ ＋符號 1（ --ͻ、--ͻ、--ͻː ） wh ＋ ar		
聲調　　　　　　子音字母	-- whar、	-ͻ wharˇ	-ͻː wharː
န n	နွ	နွာ	နွား
ㅂ m	မွ	မွာ	မွား
လ l	လွ	လွာ	လွား

子音字母與（九）至（十一）之子音符號結合後，因無法與基本母音 ar 的 3 個聲調（ အ、အာ、အားː ）再結合成為有意義的字，本書暫不做練習。

五、子音符號與基本母音ar組合的單字及 短句 ▶ MP3-06

1. ကျား   老虎

2. ပျား   蜜蜂

3. ဖျာ   草蓆

4. နွား   牛

5. လွ   鋸子

6. လျှာ   舌頭

7. သွား   牙齒／去

8. လှတယ်။   好漂亮。

9. ရွာ   鄉下

10. အာရှ   亞洲

11. အဘွား(အဖွား)   外婆／奶奶

12. ကြားလား။   聽到嗎？

13. သွားမလား။   要去嗎？

14. အငှားကား   出租車

15. ရှားပါး   稀有

16. ငါးမျှား   釣魚

六、綜合測驗 ▶ MP3-07

請把聽到的圈起來。

1. ခ　ခါ　ခါး

2. လ　လာ　လား

3. ပြ　ပြာ　ပြား

4. မု　မူ　မူး

5. ကြ　ကြာ　ကြား

6. သွ　သွာ　သွား

7. ကြွ　ကြွာ　ကြွား

8. လွ　လွာ　လွား

七、生活會話 ▶ MP3-08

1. မင်္ဂလာပါ။   您好！

2. မင်္ဂလာပါ ဆရာမ။   （女）老師早安！

3. မင်္ဂလာပါ ဆရာ (ဆရာကြီး)။   （男）老師早安！

4. ကောင်းသော မင်္ဂလာ နံနက်ခင်း (မနက်ခင်း) ပါ။   早上好！

5. ကောင်းသော မင်္ဂလာ နေ့လည်ခင်း ပါ။   中午好！

6. ကောင်းသော မင်္ဂလာ ညနေခင်း ပါ။   下午好！

7. ကောင်းသော မင်္ဂလာ ညချမ်း ပါ။   晚上好！

　　在緬甸使用「ဆရာ」、「ဆရာမ」的地方非常多，例如在工作時，對自己的長官或老闆，都可以這麼稱呼。而對很多技術士，我們也稱之為「ဆရာ」，例如開車的司機先生我們可以稱之為「ကားဆရာ」，處理與電相關的師傅稱之為「မီးဆရာ」，水泥師傅稱之為「ပန်းရန်ဆရာ」，木工師傅稱之為「လက်သမားဆရာ」。另外，對比丘尼我們稱之為「ဆရာလေး」，對和尚則稱之為「ဆရာတော်ကြီး」。

文化常識　မင်္ဂလာပါ။（您好！）

　　在緬甸，經常會聽到「မင်္ဂလာပါ။」這個招呼語，意思是「您好」，尤其在正式的場合，例如：學校、政府機關及辦公室。通常是下屬遇到長官時，會主動說聲「မင်္ဂလာပါ။」，而長官也會回應同樣的「မင်္ဂလာပါ။」。不管是早上，中午或下午都可以用。尤其在學校到處都可以聽到，例如每節上課時學生們都會說「မင်္ဂလာပါ ဆရာ」或「ဆရာမ။」，老師也會說「မင်္ဂလာပါ။」來回禮，之後再請同學們坐下，而學生們也是在聽到老師回禮後才會坐下。

　　學生們在說「မင်္ဂလာပါ။」時會有固定的手勢，就是雙手抱在胸前，以示尊重。在臺灣或其他國家，雙手抱在胸前跟長官或長輩說話，或許會給人不禮貌的感覺，但在緬甸卻是有禮貌的表現喔！不過也因如此，常會造成一些誤會呢！

　　另外，在臺灣，教室裡若有學生舉手，可能是想要提問或是想要回答問題，也有可能是想要和老師說話。但是在緬甸，若學生舉出一根食指放在嘴前，則表示他想要去上廁所，這是在緬甸教室裡常見到的肢體語言。這樣的文化差異，是不是很有趣呢？

基本母音i
(ဣ、ဣ、ဣး)
的發音、單字及生活會話

學習目標

1. 基本母音 i（ဣ、ဣ、ဣး）的發音、符號及聲調

2. 練習 33 個子音字母與 ဣ、ဣ、ဣး 組合後的發音方式及其單字

3. 學習子音符號與 ဣ、ဣ、ဣး 組合後的發音方式及其單字

4. 會話練習：打招呼的用語 2

5. 文化常識：星期一到星期日的說法

一、基本母音i的聲調與符號

發音	i、	iˇ	i：
符號 1	◌ိ	◌ီ	◌ီး
例如	အိ	အီ	အီး
符號 2	--ည့်	--ည်	--ည်း
例如	အည့်	အည်	အည်း
母音字母	ဤ	ဤ	

　　緬甸語的聲調排列，以臺灣的注音符號學習者來說，是以第四聲、第三聲及高音拉長音的方式呈現。母音 i、/ iˇ / i：以兩種符號出現，第一種為 ◌ိ / ◌ီ / ◌ီး、第二種為 --ည့် / --ည် / --ည်း。其中，第二種符號 --ည့် / --ည် / --ည်း 為多音字，唸法有三種（其他兩種請見第七課及第八課）。

　　緬甸語中，符號不同但發音一樣時，有區別意義的作用，例如：စီး 和 စည်း、ကြီး 和 ကြည်း，讀音相同但意義不同。

二、拼音練習 ▶ MP3-09

運用 2 種符號，將 33 個子音字母與基本母音 i 的 3 個聲調（အိ、အိ、အိး）相結合。

子音字母 ＼ 符號 1	使用符號 1 的組合		
	ဝ် i、	ဝ i˘	ဝ်း iː
က k	ကိ	ကိ	ကိး
ခ kh	ခိ	ခိ	ခိး
ဂ g	ဂိ	ဂိ	ဂိး
စ s	စိ	စိ	စိး
ဆ s	ဆိ	ဆိ	ဆိး
ဇ z	ဇိ	ဇိ	ဇိး
ည ny	ညိ	ညိ	ညိး
တ t	တိ	တိ	တိး
ထ th	ထိ	ထိ	ထိး
ဒ d	ဒိ	ဒိ	ဒိး
န n	နိ	နိ	နိး
ပ p	ပိ	ပိ	ပိး
ဖ ph	ဖိ	ဖိ	ဖိး
ဘ b	ဘိ	ဘိ	ဘိး
မ m	မိ	မိ	မိး
ယ y	ယိ	ယိ	ယိး

符號1　／　子音字母	使用符號1 的組合		
	◌ᅳ　iˋ	◌ᅳ　iˇ	◌ᅳᴼ　i ː
ရ y	ရိ	ရီ	ရီး
လ l	လိ	လီ	လီး
ဝ w	ဝိ	ဝီ	ဝီး
သ tt	သိ	သီ	သီး
ဟ h	ဟိ	ဟီ	ဟီး
အ a	အိ	အီ	အီး

符號2　／　子音字母	使用符號2 的組合		
	--ည့်　iˋ	--ည်　iˇ	--ည်း　i ː
စ s	စည့်	စည်	စည်း
ဆ s	ဆည့်	ဆည်	ဆည်း
ည ny	ညည့်	ညည်	ညည်း
တ t	တည့်	တည်	တည်း
ထ th	ထည့်	ထည်	ထည်း
န n	နည့်	နည်	နည်း
မ m	မည့်	မည်	မည်း
ရ y	ရည့်	ရည်	ရည်း
သ tt	သည့်	သည်	သည်း

小提醒

တ、ထ、ရ 為多音字，除了 i 的發音外，也可以唸成母音 e 的發音。

三、基本母音i的相關單字及短句 ▶ MP3-10

1. ထီ　　　　彩券
2. ထီး　　　　傘
3. မီး　　　　火／燈
4. ဘီး　　　　梳子
5. ရိ (ရယ်)　笑
6. ဆည်　　　水壩
7. စည်　　　鼓
8. အရည်　　液態
9. ညီညီစီပါ။　排整齊。
10. ညီ မ　　妹妹
11. ဘီယာ　　啤酒
12. မီးသီး　　燈泡
13. ဇီးသီး　　棗子
14. မီးရထား　火車
15. မိဘ　　　父母
16. ယာယီ　　臨時
17. ပီပီသသ　清清楚楚

四、拼音練習　▶MP3-11

將子音符號與基本母音 i 的 3 個聲調（အိ、အိ、အိး）相結合。

（一）單子音符號 ⊦⋅

子音字母與單子音符號 ⊦⋅ 結合後，子音要加上 ya、的音，例如：က 加上 ⊦⋅ 變成 ကြ，唸 k＋ya、（kya、），而 ကြ 再與 3 個聲調的符號 1（ᵒ、ᵉ、ᵉ⋅）結合後變成 ကြိ、ကြိ、ကြိး。

以下表格列舉了幾個子音字母，請與單子音符號 ⊦⋅ 及基本母音 i 的 3 個聲調（符號 1）做結合，並練習發音。

聲調 / 子音字母	單子音符號 ⊦⋅ ＋符號 1（ᵒ、ᵉ、ᵉ⋅）　y ＋ i		
	⊦⋅ᵒ yi、	⊦⋅ᵉ yiˇ	⊦⋅ᵉ⋅ yi：
က k	ကြိ	ကြိ	ကြိး
ခ kh	ချိ	ချိ	ချိး
ဂ g	ဂြိ	ဂြိ	ဂြိး
ပ p	ပြိ	ပြိ	ပြိး
မ m	မြိ	မြိ	မြိး

同樣以 ကြ 為例，ကြ 再與 3 個聲調的符號 2（--ည့်、--ည်、--ည်း）結合，變成 ကြည့်、ကြည်、ကြည်း。

以下表格列舉了幾個子音字母，請與單子音符號 ⊦⋅ 及基本母音 i 的 3 個聲調（符號 2）做結合，並練習發音。

聲調 子音字母	單子音符號 ┌─┐+符號2（--ည့်、--ည်、--ည်း） y + i		
	┌─┐ည့် yi ˋ	┌─┐ည် yiˇ	┌─┐ည်း yi ：
က k	ကြည့်	ကြည်	ကြည်း
ခ kh	ခြည့်	ခြည်	ခြည်း
ပ p	ပြည့်	ပြည်	ပြည်း
မ m	မြည့်	မြည်	မြည်း

小提醒

ပြည် 為多音字，也可以發 ay 的音。

（二）單子音符號 ┌ျ┐

與 ┌─┐ 同音，唸 ya ˋ。

子音字母與單子音符號 ┌ျ┐ 結合後，子音要加上 ya ˋ 的音，例如：က 加上 ┌ျ┐ 變成 ကျ，唸 k＋ya ˋ（kya ˋ），而 ကျ 再與 3 個聲調的符號 1（ ္ ၞ 、 ္ ၞ 、 ္ ၞး ）結合後變成 ကျိ、ကျီ、ကျီး。

以下表格列舉了幾個子音字母，請與單子音符號 ┌ျ┐ 及基本母音 i 的 3 個聲調（符號 1）做結合，並練習發音。

	單子音符號 -ျ ＋符號 1（ ◌ိ 、◌ီ 、◌ီး ） y ＋ i		
聲調 子音字母	-ျိ　yi ˋ	-ျီ　yi ˇ	-ျီး　yi ː
က　k	ကျိ	ကျီ	ကျီး
ခ　kh	ချိ	ချီ	ချီး
ဂ　g	ဂျိ	ဂျီ	ဂျီး

　　同樣以 ကျ 為例，ကျ 再與 3 個聲調的符號 2（ --ည့် 、--ညည 、--ညး ）結合，變成 ကျည့် 、ကျည 、ကျညး 。

　　以下表格列舉了幾個子音字母，請與單子音符號 -ျ 及基本母音 i 的 3 個聲調（符號 2）做結合，並練習發音。

	單子音符號 -ျ ＋符號 2（ --ည့် 、--ညည 、--ညး ） y ＋ i		
聲調 子音字母	-ျည့်　yi ˋ	-ျညည　yi ˇ	-ျညး　yi ː
က　k	ကျည့်	ကျည	ကျညး
ခ　kh	ချည့်	ချည	ချညး
ဂ　g	ဂျည့်	ဂျည	ဂျညး
ပ　p	ပျည့်	ပျည	ပျညး
မ　m	မျည့်	မျည	မျညး

（三）單子音符號 ္ၞ

　　子音字母與單子音符號 ္ၞ 結合後，子音要加上 wa、的音，例如： က 加上 ္ၞ 變成 ကွ，唸 k＋wa、（kwa、），而 ကွ 再與 3 個聲調的符號 1（ ္ၞ、္ၞ、္ၞ：）結合後變成 ကွိ、ကွီ、ကွီး。結合後發出來的聲音並沒有任何意義，經常用在模擬笑聲、肚子餓的聲音或外來語。

　　以下表格列舉了幾個子音字母，請與單子音符號 ္ၞ 及基本母音 i 的 3 個聲調（符號 1）做結合，並練習發音。

子音字母　　　　聲調	單子音符號 ္ၞ ＋符號 1（ ္ၞ、္ၞ、္ၞ：） wa ＋ i		
	္ၞ　wai、	္ၞ　wai˘	္ၞ：　wai：
က k	ကွိ	ကွီ	ကွီး
ခ kh	ခွိ	ခွီ	ခွီး
ဂ g	ဂွိ	ဂွီ	ဂွီး
စ s	စွိ	စွီ	စွီး
ဆ s	ဆွိ	ဆွီ	ဆွီး
တ t	တွိ	တွီ	တွီး
ထ th	ထွိ	ထွီ	ထွီး
ပ p	ပွိ	ပွီ	ပွီး
ဖ ph	ဖွိ	ဖွီ	ဖွီး

　　單子音符號 ္ၞ 無法與基本母音 i 的符號 2（--ည်、--ည်、--ည်း）結合成字，因此不做練習。

　　子音字母與（四）至（十一）子音符號結合後，因無法與基本母音 i 的 3
個聲調（အိ、အိ、အိး）再結合成為有意義的字，本書暫不做練習。但有時會
用在外來語的發音。

五、子音符號與基本母音i組合的單字及短句 ▶ MP3-12

1. ကျီး   烏鴉

2. ချီး   排泄物

3. အကြီး   大的

4. ပြီးပြီ။   好了。

5. ကြည့်ပြီးပြီ။   看過了。

6. စီးသည်။   搭乘

7. ကားစီးလာသည်။   搭車來。

8. စည်ကားသည်။   好熱鬧！

9. စားပြီးပြီ။   吃過了。

10. ငါးကြီးဆီ   魚油

11. ချည်သား   棉布料

12. ပြည်ကြီးငါး   魷魚

13. ဆည်းဆာ   夕陽

14. ပြည်ပ   國外

15. မကျည်းသီး   羅旺果

六、綜合測驗 ▶ MP3-13

請把聽到的圈起來。

1. ချိ　　ချည်　　ချည်း
2. ဆိ　　ဆီ　　ဆီး
3. ထိ　　ထီ　　ထီး
4. ပြိ　　ပြီ　　ပြီး
5. ကြည့်　　ကြည်　　ကြည်း

來試試以下複選題。

6. စိ　　စီ　　စီး　　　　　စည့်　　စည်　　စည်း
7. ကြည်　ကြည့်　ကြည်း　　　ကျိ　　ကျီ　　ကျီး
8. ချည့်　ချည်　ချည်း　　　ခြည်　　ခြည့်　　ခြည်း
9. ကို　　ကီ　　ကီး　　　　ကြည်　　ကြည့်　　ကြည်း
10. နို　　နို　　နိုး　　　　နည်　　နည့်　　နည်း

七、生活會話 ▶ MP3-14

問：နေကောင်းလား။　　　　　你好嗎？

答 1：နေကောင်းပါတယ်။　　　好。

答 2：သိပ်မကောင်းဘူး။　　　不太好。

答 3：ဒီလိုပါပဲ။　　　　　　就這樣。

問：စားပြီးပြီလား။　　　　　吃了沒？

答 1：စားပြီးပြီ။　　　　　　吃過了！

答 2：မစားရသေးဘူး။　　　還沒吃！

　　以上兩個問句中都有「လား」這個字。「လား」用於問句，通常出現在句尾。若回答是肯定句時，答句句尾都會用「တယ်」這個字表示肯定。若回答是否定句時，則會用「မ...ဘူး」的句型，中間放置動詞。這時各位可能會發現，針對「吃了沒？」這個問句的回答「吃過了」，雖然是肯定句卻沒有「တယ်」，那是因為想要強調過去式，所以在這裡使用的是「ပြီးပြီ။」，而不是「တယ်။」。

　　第四課中學到的招呼用語「မင်္ဂလာပါ။」（您好！）適合用在正式場合，例如：辦公室、學校、商店等。不過在日常生活中，常用的招呼用語則是「နေကောင်းလား။」（你好嗎？）及「စားပြီးပြီလား။」（吃了沒？）。

文化常識　星期一到星期日的說法

　　緬甸人對星期一到星期日的說法，不是用一到七來表示喔！星期一到星期日的說法如下：

星期一　　တနင်္လာနေ့

星期二　　အင်္ဂါနေ့

星期三　　ဗုဒ္ဓဟူးနေ့

星期四　　ကြာသပတေးနေ့

星期五　　သောကြာနေ့

星期六　　စနေနေ့

星期日　　တနင်္ဂနွေနေ

　　緬甸的日曆當中也會看到「ရက်ရာဇာ」（吉）和「ပြဿဒါး」（凶）這兩個字，前者屬於吉日，辦活動時都會選擇在這一天辦理，例如：新居落成、開幕典禮、小孩的命名典禮、外出旅行……等等。後者為凶，任何事情都不會選在這一天辦理。但還是會有人有「做好事，日日是好日」、不用挑選日子的想法。

6

基本母音u
（အု、အူ、အူး）
的發音、單字及生活會話

學習目標

1. 基本母音 u（အု、အူ、အူး）的發音、符號及聲調

2. 練習 33 個子音字母與 အု、အူ、အူး 組合後的發音方式及其單字

3. 學習子音符號與 အု、အူ、အူး 組合後的發音方式及其單字

4. 會話練習：打招呼的用語 3

5. 文化常識：緬甸人的生肖

一、基本母音u的聲調與符號

發音	u、	uˇ	u：
符號 1	﹣﹣	﹣﹣	﹣﹣
例如	အု	အူ	အူး
符號 2	﹣﹢	﹣﹢	﹣﹢
例如	ဩ	ဩ	ဩ
母音字母	ဥ	ဦ	ဦး

　　緬甸語的聲調排列，以臺灣的注音符號學習者來說，是以第四聲、第三聲及高音拉長音的方式呈現。母音 u、 / uˇ / u： 以兩種符號出現，第一種為 ﹣﹣ / ﹣﹣ / ﹣﹣、第二種為 ﹣﹢ / ﹣﹢ / ﹣﹢。差別在於：第一種符號用來與「子音字母」做結合；第二種符號用來與「帶有子音符號的子音字母」做結合。

二、拼音練習　▶MP3-14

　　運用 2 種符號，將 33 個子音字母與基本母音 u 的 3 個聲調（အု、အူ、အူး）相結合。

子音字母 ＼ 符號1	使用符號 1 的組合		
	◌ֻ　u `	◌ူ　u ˘	◌ူး　u ：
က k	ကု	ကူ	ကူး
ခ kh	ခု	ခူ	ခူး
င ng	ငု	ငူ	ငူး
စ s	စု	စူ	စူး
ဆ s	ဆု	ဆူ	ဆူး
ဇ z	ဇု	ဇူ	ဇူး
ည ny	ညု	ညူ	ညူး
တ t	တု	တူ	တူး
ထ th	ထု	ထူ	ထူး
ဒ d	ဒု	ဒူ	ဒူး
ဓ d	ဓု	ဓူ	ဓူး
န n	နု	နူ	နူး
ပ p	ပု	ပူ	ပူး
ဖ ph	ဖု	ဖူ	ဖူး
ဗ b	ဗု	ဗူ	ဗူး

子音字母 ＼ 符號1	使用符號 1 的組合		
	◌ၟ　u ˋ	◌ၠ　u ˇ	◌ၠः　uː
သ b	သၟ	သၠ	သၠः
မ m	မၟ	မၠ	မၠः
ယ y	ယၟ	ယၠ	ယၠः
ရ y	ရၟ	ရၠ	ရၠː
လ l	လၟ	လၠ	လၠː
ဝ w	ဝၟ	ဝၠ	ဝၠː
သ tt	သၟ	သၠ	သၠः
ဟ h	ဟၟ	ဟၠ	ဟၠː
အ a	အၟ	အၠ	အၠः

三、基本母音u的相關單字及短句 ▶ MP3-16

1. တူ   筷子

2. လူ   人

3. သူ   他

4. ပုတယ်။   好矮。

5. ပူတယ်။   好熱。／好燙。

6. အရူး   瘋子

7. သွားအတု   假牙

8. ဒုတိယဆုရသည်။   得到第二名的獎項。

9. ဥပမာ   例如

10. အထူ   厚的

11. အပါး   薄的

12. ရာသီဥတုပူသည်။   天氣很熱。

13. သာဓု   善哉善哉

14. အခု   現在

15. ကူညီပါ။   請幫忙。

16. ဘုရားဖူးသွားသည်။   去拜佛。

四、拼音練習　▶MP3-17

　　將子音符號與基本母音 u 的 3 個聲調（ အ ၊ အ ၊ အ း ）相結合。

（一）單子音符號 ြ

　　子音字母與單子音符號 ြ 結合後，子音要加上 ya、的音，例如：က 加上 ြ 變成 ကြ ，唸 k＋ya、（kya、），而 ကြ 再與 3 個聲調的符號 2（ ြ ၊ ြ ၊ ြ း ）結合後變成 ကြ ၊ ကြ ၊ ကြ း 。

　　以下表格列舉了幾個子音字母，請與單子音符號 ြ 及基本母音 u 的 3 個聲調（符號 2）做結合，並練習發音。

子音字母 ＼ 聲調	單子音符號 ြ ＋符號 2（ ြ ၊ ြ ၊ ြ း ） y ＋ u		
	ြ yu、	ြ yuˇ	ြ yu：
က k	ကြ	ကြ	ကြ း
ခ kh	ခြ	ခြ	ခြ း
ဂ g	ဂြ	ဂြ	ဂြ း
ပ p	ပြ	ပြ	ပြ း
ဖ ph	ဖြ	ဖြ	ဖြ း
ဗ b	ဗြ	ဗြ	ဗြ း
မ m	မြ	မြ	မြ း

（二）單子音符號 ျ

與 ြ 同音，唸 ya、。

子音字母與單子音符號 ျ 結合後，子音要加上 ya、 的音，例如：က 加上 ျ 變成 ကျ，唸 k＋ya、（kya、），而 ကျ 再與 3 個聲調的符號 2（ ျ、 ျ、 ျး）結合後變成 ကျ、ကျ、ကျး。

以下表格列舉了幾個子音字母，請與單子音符號 ျ 及基本母音 u 的 3 個聲調（符號 2）做結合，並練習發音。

聲調 子音字母	單子音符號 ျ ＋符號 2（ ျ、 ျ、 ျး） y ＋ u		
	ျ yu、	ျ yuˇ	ျး yuː
က k	ကျ	ကျ	ကျး
ခ kh	ချ	ချ	ချး
ဂ g	ဂျ	ဂျ	ဂျး
ပ p	ပျ	ပျ	ပျး
ဖ ph	ဖျ	ဖျ	ဖျး
ဗ b	ဗျ	ဗျ	ဗျး
မ m	မျ	မျ	မျး

（四）單子音符號 ͚

　　子音字母與單子音符號 ͚ 結合後，子音要加上 ha、 的音，例如： မ 加上 ͚ 變成 မှ，唸 m＋ha、（mha、），而 မှ 再與 3 個聲調的符號 2（ ͚ ͚ 、 ͚ ͚ 、 ͚ ͚ ）結合後變成 မှူ 、 မှူ 、 မှူ 。

　　以下表格列舉了幾個子音字母，請與單子音符號 ͚ 及基本母音 u 的 3 個聲調（符號 2）做結合，並練習發音。

聲調　　子音字母	單子音符號 ͚ ＋符號 2（ ͚ ͚ 、 ͚ ͚ 、 ͚ ͚ ） h ＋ u		
	͚ ͚ 　hu、	͚ ͚ 　huˇ	͚ ͚ 　hu：
န n	နှူ	နှူ	နှူ
မ m	မှူ	မှူ	မှူ
ရ y	ရှူ	ရှူ	ရှူ
လ l	လှူ	လှူ	လှူ

小提醒

（1）ရ＋ ͚ （ရှ）要唸 sha、，是子音的聲音變化，再加上 ͚ 後變成 ရှူ，唸 shu、。

（2）當 ͚ ͚ 和 ͚ 這兩個符號配在一起書寫時，會用較短的符號 ͚ ͚ 。

　　子音字母與（三）、（六）至（十一）之子音符號結合後，因無法與基本母音 u 的 3 個聲調（ အု 、 အု 、 အု ）再結合成為有意義的字，本書暫不做練習。

五、子音符號與基本母音u組合的單字及短句

▶ MP3-18

1. ကြာဖူး　　　　　　　　　　蓮蓬頭

2. အဖြူ　　　　　　　　　　　白的

3. ရွာမှာအလှူရှိသည်။　　　　　鄉下有佈施活動。

4. ဒီအမှုကြီးတယ်။　　　　　　這案子很大。

5. အမူးသမား　　　　　　　　醉漢

6. မြူးသည်။　　　　　　　　好興奮。

7. လေတဖြူးဖြူး　　　　　　　風輕輕吹

8. သူနာပြု　　　　　　　　　護士

9. သူမအသားဖြူသည်။　　　　　她的皮膚很白。

10. ပြုစု　　　　　　　　　　照顧

11. အပြုအမူ　　　　　　　　所作所為

12. မပြုရ　　　　　　　　　不能做

13. ဌာနမှူး　　　　　　　　處室主任

14. ချီးကျူး　　　　　　　　稱讚

15. ညီမလေးကချူချာသည်။　　妹妹體弱多病。

16. အစစအရာရာသတိထားပါ။　事事小心謹慎。

六、綜合測驗 ▶ MP3-19

請選出正確的答案。

1. 假的　　　အတု　　　　အတူ

2. 天氣　　　ရာသီဥတု　　ရာသီဥတု

3. 現在　　　အခု　　　　အပု

4. 佈施　　　အလှု　　　　အလှူ

5. 熱／燙　　အပူ　　　　အဖူ

6. 照顧　　　ပြုစု　　　　ပြုဆု

7. 醉漢　　　အမူးသမား　အမူးတမား

8. 幫忙　　　ကူညီ　　　　တူညီ

七、生活會話 ▶ MP3-20

◆「道謝」的說法

1. ကျေးဇူးတင်ပါတယ်။　　　　　　　　謝謝！（較完整的說法）

2. ကျေးဇူးပဲ။　　　　　　　　　　　謝謝！（較簡短的說法，較常用）

3. ကျေးဇူး။　　　　　　　　　　　　謝謝！（較簡短的說法，較常用）

4. ကျေးဇူးတင်ပါတယ်ရှင် (ရှင့်)။　　　謝謝！（女性說話者較禮貌的說法）

5. ကျေးဇူးတင်ပါတယ်ခင်ဗျာ (ခင် ဗျ)။
　　謝謝！（男性說話者較禮貌的說法）

◆「請」的說法

1. ကျေးဇူးပြု၍　　　　　　　　　　　請

2. ကျေးဇူးပြု၍လမ်းလေးနဲနဲလောက်။　　請借過。

◆「道歉」的說法

1. ဆောရီးပဲ(နော်)။　　　　　對不起！（外來語，男女通用）

2. ဆောရီးပဲ ဗျာ။　　　　　　對不起！（外來語，男性說話者）

3. ဆောရီးပဲ ရှင်။　　　　　　對不起！（外來語，女性說話者）

4. ကန်တော့ကန်တော့။　　　　抱歉！（雙手合十）

5. မတော်တဆ။　　　　　　　不小心的。／不好意思。／我不是故意的！

　　「ဗျ」、「ရှင်」分別為男性、女性適用的禮貌用語，通常在語畢時使用，這兩個字在緬甸語中常聽到，當有人呼喊某人的名字時，若被呼喊者為男性，他會回應「ဗျ」；若被呼喊者為女性，她則會回應「ရှင်」。這兩個字有時也當語助詞使用，表示驚訝。

文化常識　緬甸人的生肖

　　華人有 12 個生肖，西洋人有 12 個星座，緬甸人則有 8 個生肖。華人的生肖依照年份，西洋人的星座依照月份，那緬甸人的生肖依照什麼呢？

　　答案是依照星期幾！但一星期只有 7 天，怎麼會有 8 個生肖呢？因為緬甸人把星期三分為上、下 2 個生肖，所以就有 8 個生肖。分別為：

星期一出生的屬「ကျား」（老虎），個性愛吃醋和嫉妒。

星期二出生的屬「ခြေသေ့」（獅子），個性善良又誠實。

星期三出生的屬「ဆင်」（大象），並以中午 12 點為界，上午出生的是「ဆင်」（公象，有牙），下午出生的為「ရာဟု」（母象，無牙），個性都是愛生氣但火氣很容易消退。

星期四出生的屬「ကြွက်」（老鼠），個性中庸，不突出。

星期五出生的屬「ပူး」（天竺鼠），個性外向且話總是講個不停。

星期六出生的屬「နဂါး」（龍），個性容易動怒又很難消氣。

星期日出生的屬「ဂဠုန်」（大鵬），個性節儉。

是不是很有趣呢？

基本母音ay
（ေအ့、ေအာ、ေအာ：）
的發音、單字及生活會話

★ 學習目標

1. 基本母音 ay（ေအ့、ေအာ、ေအာ：）的發音、符號及聲調

2. 練習 33 個子音字母與 ေအ့、ေအာ、ေအာ： 組合後的發音方式及其單字

3. 學習子音符號與 ေအ့、ေအာ、ေအာ： 組合後的發音方式及其單字

4. 會話練習：打招呼的用語 4

5. 文化常識：緬甸人的姓氏

一、基本母音ay的聲調與符號

發音	ay ˋ	ay ˇ	ay ：
符號 1	ေ--့	ေ--	ေ--：
例如	ေအ့	ေအ	ေအး
符號 2	--ည့်	--ည်	--ည်း
例如	ရည့်	ရည်	ရည်း
母音字母	ေ		
備註	（1）符號 2 只有在和 ရ 結合時才會發 ay 的音		

　　緬甸語的聲調排列，以臺灣的注音符號學習者來說，是以第四聲、第三聲及高音拉長音的方式呈現。母音 ay ˋ ／ ay ˇ ／ ay ： 以兩種符號出現，第一種為 ေ--့ ／ ေ-- ／ ေ--： 、第二種為 --ည့် ／ --ည် ／ --ည်း 。不過，與第二種符號搭配後發 ay 的音極為少數，例如：ကြိရည် 。

> **小提醒**
>
> ည် 這個符號唸法有 3 種，請見第五課、第七課、第八課。

二、拼音練習 ▶ MP3-21

運用 2 種符號，將 33 個子音字母與基本母音 ay 的 3 個聲調（အ့、ေအ、ေအး）相結合。

子音字母 ＼ 符號 1	使用符號 1 的組合		
	ေ--့ ay `	ေ-- ay ˇ	ေ--း ay ：
က k	ေက့	ေက	ေကး
ခ kh	ေခ့	ေခ	ေခး
ဂ g	ေဂ့	ေဂ	ေဂး
င ng	ေင့	ေင	ေငး
စ s	ေစ့	ေစ	ေစး
ဆ s	ေဆ့	ေဆ	ေဆး
၌ z			ေၺး
ၐ th	ေၺ့	ေၺ	ေၺး
တ t	ေတ့	ေတ	ေတး
ထ th	ေထ့	ေထ	ေထး
ဒ d	ေဒ့	ေဒ	ေဒး
ဓ d	ေဓ့	ေဓ	ေဓး
န n	ေန့	ေန	ေနး
ပ p	ေပ့	ေပ	ေပး
ဖ ph	ေဖ့	ေဖ	ေဖး

使用符號 1 的組合		
符號 1　ေ--့ ay ˋ	ေ-- ayˇ	ေ--း ay ː
子音字母		
ဗ b　ေဗ့	ေဗ	ေဗး
ဘ b　ေဘ့	ေဘ	ေဘး
မ m　ေမ့	ေမ	ေမး
ရ y　ေရ့	ေရ	ေရး
လ l　ေလ့	ေလ	ေလး
ဝ w　ေဝ့	ေဝ	ေဝး
သ tt　ေသ့	ေသ	ေသး
ဟ h　ေဟ့	ေဟ	ေဟး
အ a　ေအ့	ေအ	ေအး

使用符號 2 的組合		
符號 2　--ည့် ay ˋ	--ည် ayˇ	--ည်း ay ː
子音字母		
ရ y　ရည့်	ရည်	ရည်း

三、基本母音ay的相關單字及短句 ▶MP3-22

1. နေပူသည်။　　　　　天氣／太陽很熱。

2. လေး　　　　　　　四

3. ဆေးခါးသည်။　　　藥很苦。

4. တေး　　　　　　　詩

5. ဖေဖေ　　　　　　爸爸

6. မေမေ　　　　　　媽媽

7. ညဈေးစည်ကားသည်။　　夜市很熱鬧。

8. သူဌေး　　　　　　老闆

9. ဦးလေး　　　　　　叔叔

10. ညီမလေး　　　　妹妹

11. အအေး　　　　　冷飲

12. စနေနေ့　　　　週六

13. ညနေ　　　　　下午

14. ဒီနေ့ နေပူသည်။　　今天天氣熱。

15. မနေ့ ကနေပူသည်။　　昨天天氣熱。

16. တေးဂီတ　　　　　音樂

四、拼音練習 ▶ MP3-23

將子音符號與基本母音 ay 的 3 個聲調（ ဧဲ့ 、 ဧဲ 、 ဧဲး ）相結合。

（一）單子音符號 ြ

子音字母與單子音符號 ြ 結合後，子音要加上 ya、 的音，例如：က 加上 ြ 變成 ကြ，唸 k＋ya、（kya、），而 ကြ 再與 3 個聲調的符號 1（ ဧ-̣ 、 ဧ-- 、 ဧ--း ）結合後變成 ကြေ့ 、 ကြေ 、 ကြေး 。

以下表格列舉了幾個子音字母，請與單子音符號 ြ 及基本母音 ay 的 3 個聲調（符號 1）做結合，並練習發音。

子音字母 ＼ 聲調	單子音符號 ြ ＋符號 1（ ဧ-̣ 、 ဧ-- 、 ဧ--း ） y ＋ ay		
	ဧ--̣ yay、	ဧ-- yayˇ	ဧ--း yay：
က k	ကြေ့	ကြေ	ကြေး
ခ kh	ခြေ့	ခြေ	ခြေး
ဂ g	ပြေ့／ပြည့်	ပြေ／ပြည်	ပြေး
ဖ ph	ဖြေ့	ဖြေ	ဖြေး
မ m	မြေ့	မြေ	မြေး

同樣以 ကြ 為例，ကြ 再與 3 個聲調的符號 2（ --ည့် 、 --ည် 、 --ည်း ）結合，變成 ကြည့် 、 ကြည် 、 ကြည်း 。

以下表格列舉了幾個子音字母，請先與單子音符號 ြ 及基本母音 ay 的 3 個聲調（符號 2）做結合，並練習發音。

	單子音符號 ├── ＋符號2（--ည့်、--ည်、--ည်း） y ＋ ay		
子音字母　　聲調	├──ည့် yay、	├──ည် yayˇ	├──ည်း yay：
ပ p	ပြည့်	ပြည်	ပြည်း
ဖ ph	ဖြည့်	ဖြည်	ဖြည်း

（二）單子音符號 -ျ

與 ├── 同音，唸 ya、。

子音字母與單子音符號 -ျ 結合後，子音要加上 ya、 的音，例如：က 加上 -ျ 變成 ကျ，唸 k ＋ ya、（kya、），而 ကျ 再與 3 個聲調的符號1（ေ--့、ေ--、ေ--း）結合後變成 ကျေ့、ကျေ、ကျေး。

以下表格列舉了幾個子音字母，請與單子音符號 -ျ 及基本母音 ay 的 3 個聲調（符號1）做結合，並練習發音。

	單子音符號 -ျ ＋符號1（ေ--့、ေ--、ေ--း） y ＋ ay		
子音字母　　聲調	ေ-ျ့ yay、	ေ-ျ yayˇ	ေ-ျး yay：
က k	ကျေ့	ကျေ	ကျေး
ခ kh	ချေ့	ချေ	ချေး
ဂ g	ဂျေ့	ဂျေ	ဂျေး
ပ p	ပျေ့	ပျေ	ပျေး
ဖ ph	ဖျေ့	ဖျေ	ဖျေး
ဗ b	ဗျေ့	ဗျေ	ဗျေး
မ m	မျေ့	မျေ	မျေး

（三）單子音符號 ◌ွ

子音字母與單子音符號 ◌ွ 結合後，子音要加上 wa、的音，例如：က 加上 ◌ွ 變成 ကွ，唸 k ＋ wa、（kwa、），而 ကွ 再與 3 個聲調的符號 1（ေ◌့、ေ◌、ေ◌း）結合後變成 ကွေ့、ကွေ、ကွေး。

以下表格列舉了幾個子音字母，請與單子音符號 ◌ွ 及基本母音 ay 的 3 個聲調（符號 1）做結合，並練習發音。

	單子音符號 ◌ွ ＋符號 1（ေ◌့、ေ◌、ေ◌း） w ＋ ay		
聲調 子音字母	ေ◌ွ့　way、	ေ◌ွ　wayˇ	ေ◌ွး　way:
က k	ကွေ့	ကွေ	ကွေး
ခ kh	ခွေ့	ခွေ	ခွေး
ဂ g	ဂွေ့	ဂွေ	ဂွေး
င ng	ငွေ့	ငွေ	ငွေး
စ s	စွေ့	စွေ	စွေး
ဆ s	ဆွေ့	ဆွေ	ဆွေး
တ t	တွေ့	တွေ	တွေး
ထ th	ထွေ့	ထွေ	ထွေး
ဒ d	ဒွေ့	ဒွေ	ဒွေး
န n	နွေ့	နွေ	နွေး
ပ p	ပွေ့	ပွေ	ပွေး
ဖ ph	ဖွေ့	ဖွေ	ဖွေး
ဗ b	ဗွေ့	ဗွေ	ဗွေး

	單子音符號 ◌ ＋符號1（ေ◌့、ေ◌、ေ◌း） w ＋ ay		
子音字母 ＼ 聲調	ေ◌့ way、	ေ◌ way˘	ေ◌း way：
ဘ b	ေဘွ့	ေဘွ	ေဘွး
မ m	ေမွ့	ေမွ	ေမွး
ယ y	ေယွ့	ေယွ	ေယွး
ရ y	ေရွ့	ေရွ	ေရွး
သ tt	ေသွ့	ေသွ	ေသွး

（四）單子音符號 ◌ှ

　　子音字母與單子音符號 ◌ှ 結合後，子音要加上 ha、 的音，例如：မ 加上 ◌ှ 變成 မှ，唸 m ＋ ha、（mha、），而 မှ 再與 3 個聲調的符號 1（ေ◌့、ေ◌、ေ◌း）結合後變成 ေမှ့、ေမှ、ေမှး。

　　以下表格列舉了幾個子音字母，請與單子音符號 ◌ှ 及基本母音 ay 的 3 個聲調（符號 1）做結合，並練習發音。

	單子音符號 ◌ှ ＋符號1（ေ◌့、ေ◌、ေ◌း） h ＋ ay		
子音字母 ＼ 聲調	ေ◌ှ့ hay、	ေ◌ှ hay˘	ေ◌ှး hay：
န n	ေနှ့	ေနှ	ေနှး
မ m	ေမှ့	ေမှ	ေမှး
ရ y	ေရှ့	ေရှ	ေရှး
လ l	ေလှ့	ေလှ	ေလှး
ဝ w	ေဝှ့	ေဝှ	ေဝှး

（五）雙子音符號 က္ယ

 က္ယ 這個符號是以 ကျ 及 ွ 兩種單子音符號結合而成。

子音字母與雙子音符號 ွ 結合後，子音要加上 ywa、 的音，例如：က 加上 ွ 變成 ကျ，唸 k＋ywa、（kywa、），而 ကျ 再與 3 個聲調的符號 1（ေ--့、ေ--、ေ--း）結合後變成 ကျေ့、ကျေ、ကျေး。

以下表格以子音字母 က 和 ခ 為例，請與雙子音符號 ွ 及基本母音 ay 的 3 個聲調（符號 1）做結合，並練習發音。（緬文字當中與這符號可結合的字原則上只有 က 和 ခ，有些外來語若需要發 yway 的音，可用其他子音字母搭配。）

子音字母 \ 聲調	雙子音符號 ွ ＋符號 1（ေ--့、ေ--、ေ--း） yw ＋ ay		
	ေ-ွ့ yway、	ေ-ွ yway˅	ေ-ွး yway：
က k	ကျွေ့	ကျွေ	ကျွေး
ခ kh	ချွေ့	ချွေ	ချွေး

（六）雙子音符號 ္ယ

្ယ 這個符號是以 ျ 及 ွ 兩種單子音符號結合而成。與雙子音符號 ွ 發音相同。

子音字母與雙子音符號 ្ယ 結合後，子音要加上 ywa、 的音，例如：က 加上 ្ယ 變成 ကြ，唸 k＋ywa、（kywa、），而 ကြ 再與 3 個聲調的符號 1（ေ--့、ေ--、ေ--း）結合後變成 ကြေ့、ကြေ、ကြေး。

以下表格以子音字母 က 和 ပ 為例，請與雙子音符號 ្ယ 及基本母音 ay 的 3 個聲調（符號 1）做結合，並練習發音。（緬文字當中與這符號可結合的字

原則上只有 က 和 မ，有些外來語若需要發 yway 的音，可用其他子音字母搭配。）

	雙子音符號 ျ +符號 1（ေ--့、ေ--、ေ--း） yw ＋ ay		
子音字母＼聲調	ေ--့ yway `	ေ-- yway ˇ	ေ--း yway ː
က k	ေကြ့	ေကြ	ေကြး
မ m	ေမြ့	ေမြ	ေမြး

（八）雙子音符號 ွ

ွ 這個符號是以 ့ 及 ျ 兩種單子音符號結合而成。

子音字母與雙子音符號 ွ 結合後，子音要加上 wha ` 的音，例如：မ 加上 ွ 變成 မွ，唸 m ＋ wha `（mwha `），而 မွ 再與 3 個聲調的符號 1（ေ--့、ေ--、ေ--း）結合後變成 ေမွ့、ေမွ、ေမွး。

以下表格列舉了幾個子音字母，請與雙子音符號 ွ 及基本母音 ay 的 3 個聲調（符號 1）做結合，並練習發音。

	雙子音符號 ွ +符號 1（ေ--့、ေ--、ေ--း） wh ＋ ay		
子音字母＼聲調	ေ--့ whay `	ေ-- whay ˇ	ေ--း whay ː
မ m	ေမွ့	ေမွ	ေမွး
ရ y	ေရွ့	ေရွ	ေရွး

子音字母與（七）、（九）至（十一）之子音符號結合後，因無法與基本母音 ay 的 3 個聲調（ေအ့、ေအ、ေအး）再結合成為有意義的字，本書暫不做練習。

五、子音符號與基本母音ay組合的單字及短句 ▶ MP3-24

1. ခွေး | 狗

2. အဖေဒီနေ့ သွေးသွားလှူသည်။ | 爸爸今天去捐血。

3. ငွေ | 銀子／錢

4. ရွှေ | 金子

5. လှေ | 船

6. ချွေး | 汗水

7. အကြွေး | 欠債

8. အရှေ့ | 前面／東方

9. ရေနွေးငွေ့ | 水蒸氣

10. ရေမွှေး | 香水

11. ချေးငှား | 租借

12. နွေရာသီမှာမီးသတိပြုပါ။ | 夏季要小心火災。

13. မြေးအဖွားအတူခရီးသွားသည်။ | 祖孫倆一起去旅行。

14. ဒါကအဖြေမရှိပါ။ | 這是沒有答案的！

15. မြေသြဇာ | 肥料

16. ဒီငါးတွေကမွေးမြူရေးငါးတွေပါ။ | 這些魚是養殖魚。

六、綜合測驗 ▶ MP3-25

請選出正確的答案。

1. 妹妹　　ညီမလေး　　　　ညီမတေး

2. 市場　　ဆေး　　　　　　ဈေး

3. 律師　　ရှေ့နေ　　　　　　အရှေ့

4. 叔叔　　ဦးလေး　　　　　အူးလေး

5. 爸爸　　ဖေဖေ　　　　　　ပေပေ

6. 媽媽　　မေမေ　　　　　　ဝေဝေ

7. 夏季　　နွေရာသည်　　　　နွေရာသီ

8. 答案　　အဖြေ　　　　　　အဖြည်

七、生活會話 ▶MP3-26

◆「回去了！」的說法

1. ပြန်အုံးမယ်။

2. ပြန်တော့မယ်။

3. ပြန်လိုက်အုံးမယ်။

解釋：以上三種說法意思相同。其中，「ပြန်လိုက်အုံးမယ်။」隱含「很快就會再見面」的意思。

◆「走囉！」的說法

1. သွားအုံးမယ်။

2. သွားတော့မယ်။

3. သွားလိုက်အုံးမယ်။

解釋：除了以上幾種說法之外，若想和長輩、地位高的人，或和尚說再見時，則會用「ခွင့်ပြုပါအုံး။」（請准許離開。）

◆「再見囉！」的說法

1. နောက်မှတွေ့ မယ်။

2. နောက်မှတွေ့ မယ်နော်။

解釋：以上兩句話中的 **နောက်** 是「以後」的意思，**တွေ့** 是「見」的意思，**မှ** 是介係詞，**မယ်** 和 **မယ်နော်** 是語助詞。

◆「慢走。」的說法

1. ဖြည်းဖြည်းနော်။

解釋：當對方向你道別時，可以用這句話來回應對方。

◆「掰掰！」的說法

1. တာ့တာ။

解釋：朋友或熟人之間說再見時使用，不適合用於正式場合。

文化常識　緬甸人的姓氏

華人有百姓，那緬甸人有沒有姓氏呢？

緬甸人的名字前常會有「ဦး」、「မောင်」、「ကို」、「ဒေါ်」、「မ」，這些字又是什麼意思呢？

「ဦး」的發音為 u，是對男性長輩的稱謂。

「မောင်」的發音為 maung，是對男性晚輩的稱謂。

「ကို」的發音為 ko，是對平輩男性或青年男性的稱謂。

「ဒေါ်」的發音為 daw，是對已婚女性、女性高官或長輩的稱謂。

「မ」的發音為 ma，是對女性平輩或年輕女性的稱謂。

在緬甸的證件上，例如學生證、駕照、畢業證書或戶口名簿等，書寫名字的欄位，會出現「ဦး」、「မောင်」、「ဒေါ်」、「မ」這四種稱謂（ကို 不會出現在證件上，只會在口語交談時用於稱呼平輩男性）。書寫時，依已婚或未婚，又可將男性分為「ဦး」和「မောင်」、女性分為「ဒေါ်」和「မ」。但有時證件上也會省略稱謂。這對要出國的緬甸人來說是一大困擾，例如當年本書作者來台留學時，身分證上沒有「မ」，但在戶口名簿上卻有「မ」，因此外館誤以為這是不一樣的人。所以這些稱謂，對身在國外的緬甸人，常造成非必要的困擾。

基本母音e
(အဲ့、အယ်、အဲ)
的發音、單字及生活會話

✦ 學習目標

1. 基本母音 e（အဲ့、အယ်、အဲ）的發音、符號及聲調

2. 練習 33 個子音字母與 အဲ့、အယ်、အဲ 組合後的發音方式及其單字

3. 學習子音符號與 အဲ့、အယ်、အဲ 組合後的發音方式及其單字

4. 會話練習：很高興見到您

5. 文化常識：緬甸人的命名方式

一、基本母音e的聲調與符號

發音	e ˋ	e ˇ	e ﹕
符號 1	﹕	--ယ်	﹕
例如	အဲ့	အယ်	အဲ
符號 2	--ည့်	--ည်	--ည်း
例如	အည့်	အည်	အည်း
備註	（1）သ、တ、န、မ 與符號 2 結合時，為多音字。		

緬甸語的聲調排列，以臺灣的注音符號學習者來說，是以第四聲、第三聲及高音拉長音的方式呈現。母音 e ˋ / e ˇ / e ﹕ 以兩種符號出現，第一種為 ﹕ / --ယ် / ﹕、第二種為 --ည့် / --ည် / --ည်း。

子音字母 သ、တ、န、မ 與符號 2 結合時，可以發至少兩種以上的發音，也就是同字不同音，且不同意義。

二、拼音練習 ▶ MP3-27

運用 2 種符號，將 33 個子音字母與基本母音 e 的 3 個聲調（**အဲ့**、**အယ်**、**အဲ**）相結合。

子音字母 ＼ 符號 1	使用符號 1 的組合		
	◌ဲ့ eˋ	--ယ် e˘	◌ဲ e：
က k	ကဲ့	ကယ်	ကဲ
ခ kh	ခဲ့	ခယ်	ခဲ
ဂ g	ဂဲ့	ဂယ်	ဂဲ
င ng	ငဲ့	ငယ်	ငဲ
စ s	စဲ့	စယ်	စဲ
ဆ s	ဆဲ့	ဆယ်	ဆဲ
တ t	တဲ့	တယ်	တဲ
ထ th	ထဲ့	ထယ်	ထဲ
န n	နဲ့	နယ်	နဲ
ပ p	ပဲ့	ပယ်	ပဲ
ဖ ph	ဖဲ့	ဖယ်	ဖဲ
ဘ b	ဘဲ့	ဘယ်	ဘဲ
မ m	မဲ့	မယ်	မဲ
ယ y	ယဲ့	ယယ်	ယဲ
ရ y	ရဲ့	ရယ်	ရဲ

子音字母 ＼ 符號 1	使用符號 1 的組合		
	ं ंं e、	--ယ် eˇ	ं ं e：
လ l	လဲ့	လယ်	လဲ
ဝ w	ဝဲ့	ဝယ်	ဝဲ
ထ tt	ထဲ့	ထယ်	ထဲ
ဟ h	ဟဲ့	ဟယ်	ဟဲ
အ a	အဲ့	အယ်	အဲ

子音字母 ＼ 符號 2	使用符號 2 的組合		
	--ည့် e、	--ည် eˇ	--ည： e：
ဆ s	ဆည့်	ဆည်	ဆည်း
တ t	တည့်	တည်	တည်း
ထ th	ထည့်	ထည်	ထည်း
န n	နည့်	နည်	နည်း
မ m	မည့်	မည်	မည်း
လ l	လည့်	လည်	လည်း
သ tt	သည့်	သည်	သည်း

小提醒

子音字母 ဆ、တ、န、မ 與符號 2 結合時，可以有至少兩種以上的發音，也就是同字不同音，且不同意義。

三、基本母音e的相關單字及短句 ▶MP3-28

1. ဖဲချပ်　撲克牌
2. ဘဲ　鴨子
3. ကဲ့ရဲ့　諷刺
4. တကယ်လား။　真的嗎？
5. ရဲသား　警察
6. ရဲမေ　女警
7. လယ်တဲ　農舍
8. ဘယ်သူလဲ။　是誰？
9. ဘာလဲ။　什麼？
10. အဲဒါဘာလဲ။　那是什麼？
11. အသဲ　肝
12. ဝယ်သူ　買家
13. ဘဲဥ　鴨蛋
14. ရေခဲ　冰塊
15. အခဲ　固態
16. အမဲသားစားလား။　吃牛肉嗎？

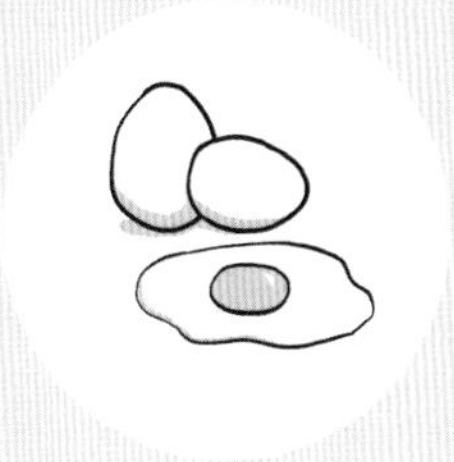

四、拼音練習　▶ MP3-29

將子音符號與基本母音 e 的 3 個聲調（အဲ့、အယ်、အဲ）相結合。

（一）單子音符號 ├─

　　子音字母與單子音符號 ├─ 結合後，子音要加上 ya、的音，例如：က 加上 ├─ 變成 ကျ，唸 k + ya、（kya、），而 ကျ 再與 3 個聲調的符號 1（ ╷、--ယ်、╷ ）結合後變成 ကျဲ့、ကျယ်、ကျဲ。

　　以下表格列舉了幾個子音字母，請與單子音符號 ├─ 及基本母音 e 的 3 個聲調（符號 1）做結合，並練習發音。

子音字母 ＼ 聲調	單子音符號 ├─ ＋符號 1（ ╷、--ယ်、╷ ） ya ＋ e		
	├─╷ yae、	├─ယ် yae˘	├─ yae：
က k	ကျဲ့	ကျယ်	ကျဲ
ခ kh	ချဲ့	ချယ်	ချဲ
ပ p	ပျဲ့	ပျယ်	ပျဲ
ဖ ph	ဖျဲ့	ဖျယ်	ဖျဲ
ဗ b	ဗျဲ့	ဗျယ်	ဗျဲ
မ m	မျဲ့	မျယ်	မျဲ

（二）單子音符號 ျ

與 ---ြ 同音，唸 ya、。

子音字母與單子音符號 ျ 結合後，子音要加上 ya、 的音，例如：ကa 加上 ျ 變成 ကျ，唸 k + ya、（kya、），而 ကျ 再與 3 個聲調的符號 1（-ဲ့、--ယ်、-ဲ）結合後變成 ကျဲ့、ကျယ်、ကျဲ。

以下表格列舉了幾個子音字母，請與單子音符號 ျ 及基本母音 e 的 3 個聲調（符號 1）做結合，並練習發音。

聲調 子音字母	單子音符號 ျ ＋符號 1（-ဲ့、--ယ်、-ဲ） ya ＋ e		
	-ျဲ့　yae、	-ျယ်　yaeˇ	-ျဲ　yae：
ကa k	ကျဲ့	ကျယ်	ကျဲ
ခ kh	ချဲ့	ချယ်	ချဲ
ပ p	ပျဲ့	ပျယ်	ပျဲ
ဖ ph	ဖျဲ့	ဖျယ်	ဖျဲ
မ m	မျဲ့	မျယ်	မျဲ

（三）單子音符號 ွ

子音字母與單子音符號 ွ 結合後，子音要加上 wa、 的音，例如：ကa 加上 ွ 變成 ကွ，唸 k + wa、（kwa、），而 ကွ 再與 3 個聲調的符號 1（-ဲ့、--ယ်、-ဲ）結合後變成 ကွဲ့、ကွယ်、ကွဲ。

以下表格列舉了幾個子音字母，請與單子音符號 ွ 及基本母音 e 的 3 個聲調（符號 1）做結合，並練習發音。

聲調 子音字母	單子音符號 ္ ＋符號 1（ ៖ 、 --ယ် 、 ៎ ） wa ＋ e		
	៖ wae `	--ယ် wae ˇ	៎ wae ៖
က k	ကွဲ့	ကွယ်	ကွဲ
ခ kh	ခွဲ့	ခွယ်	ခွဲ
စ s	စွဲ့	စွယ်	စွဲ
ဆ s	ဆွဲ့	ဆွယ်	ဆွဲ
ဇ z	ဇွဲ့	ဇွယ်	ဇွဲ
န n	နွဲ့	နွယ်	နွဲ
ပ p	ပွဲ့	ပွယ်	ပွဲ
ဖ ph	ဖွဲ့	ဖွယ်	ဖွဲ
ဘ b	ဘွဲ့	ဘွယ်	ဘွဲ
မ m	မွဲ့	မွယ်	မွဲ
ရ y	ရွဲ့	ရွယ် ／ ရွည်	ရွဲ
လ l	လွဲ့	လွယ်	လွဲ
ဝ w		ဝယ်	
သ tt	သွဲ့	သွယ်	သွဲ

（四）單子音符號 ္

　　子音字母與單子音符號 ္ 結合後，子音要加上 ha ˋ 的音，例如：မ 加上 ္ 變成 မှ，唸 m ＋ ha ˋ（mha ˋ），而 မှ 再與 3 個聲調的符號 1（ ៖ 、--ယ် 、 ៎ ）結合後變成 မှဲ့ 、 မှယ် 、 မှဲ 。

以下表格列舉了幾個子音字母，請與單子音符號 ◌ွ 及基本母音 e 的 3 個聲調（符號 1）做結合，並練習發音。

子音字母 ＼ 聲調	單子音符號 ◌ွ ＋符號 1 (◌ဲ့ 、◌ယ် 、◌ဲ)		
	◌ဲ့ hae、	◌ယ် haeˇ	◌ဲ hae:
န n	နဲ့ ／နယ့်	နယ်	နဲ
မ m	မဲ့ ／မယ့်	မယ်	မဲ
လ l	လဲ့ ／လယ့်	လယ် ／လည်	လဲ

（五）雙子音符號 ◌ွ

◌ွ 這個符號是以 ◌ျ 及 ◌ွ 兩種單子音符號結合而成。

子音字母與雙子音符號 ◌ွ 結合後，子音要加上 ywa、的音，例如：က 加上 ◌ွ 變成 ကျွ，唸 k＋ywa、（kywa、），而 ကျွ 再與 3 個聲調的符號 1（◌ဲ့、◌ယ်、◌ဲ）結合後變成 ကျွဲ့、ကျွယ်、ကျွဲ。

以下表格以子音字母 က 和 ခ 為例，請與雙子音符號 ◌ွ 及基本母音 e 的 3 個聲調（符號 1）做結合，並練習發音。

子音字母 ＼ 聲調	雙子音符號 ◌ွ ＋符號 1 (◌ဲ့ 、◌ယ် 、◌ဲ)		
	◌ျွဲ့ ywe、	◌ျွယ် yweˇ	◌ျွဲ ywe:
က k	ကျွဲ့	ကျွယ်	ကျွဲ
ခ kh	ချွဲ့	ချွယ်	ချွဲ

（六）雙子音符號 ြ

ြ 這個符號是以 ြ 及 ◌ွ 兩種單子音符號結合而成。與雙子音符號 ◌ွ 發音相同。

子音字母與雙子音符號 ြ 結合後，子音要加上 ywa、 的音，例如：က 加上 ြ 變成 ကြ，唸 k＋ywa、（kywa、），而 ကြ 再與 3 個聲調的符號 1（◌ဲ、 --ယ်、◌ဲ） 結合後變成 ကြဲ、ကြယ်、ကြဲ。

以下表格以子音字母 က 和 ခ 為例，請與雙子音符號 ြ 及基本母音 e 的 3 個聲調（符號 1）做結合，並練習發音。

聲調 子音字母	雙子音符號 ြ ＋符號 1（◌ဲ、--ယ်、◌ဲ） ywa ＋ e		
	ြဲ　ywae、	ြယ်　ywaeˇ	ြဲ　ywae：
က k	ကြဲ	ကြယ်	ကြဲ
ခ kh	ခြဲ	ခြယ်	ခြဲ

子音字母與（七）至（十一）之子音符號結合後，因無法與基本母音 e 的 3 個聲調（အဲ、အယ်、အဲ）再結合成為有意義的字，本書暫不做練習。

五、子音符號與基本母音e組合的單字及短句 ▶ MP3-30

1. ကြယ်　　　　星星

2. မဲ့　　　　痣

3. ကျဲ　　　　犀牛

4. ပွဲ　　　　節目

5. ချဲ့　　　　放大、放寬

6. ချွေးနဲ့စာ　　血汗錢

7. ခွဲခြား　　　分別

8. စားပွဲ　　　餐宴

9. ချယ်ရီသီး　　櫻桃

10. ခွဲခွာ　　　分離

11. ချဲကျဆေး　　化痰藥

12. ဆေးခြယ်　　著色

13. နေကျဲကျဲပူသည်။　太陽很烈。

14. အသီးမမှည့်သေးပါ။　水果還未成熟。

六、綜合測驗 ▶ MP3-31

請選出正確的答案。

1. 冰塊　　ရည်ခဲ　　　　　ရေခဲ

2. 星星　　ကြယ်　　　　　ကျယ်

3. 血汗錢　ချွေးနဲ့စာ　　　ချွေးနဲ့စာ

4. 櫻桃　　ခြယ်ရီသီး　　　ချယ်ရီသီး

5. 化痰藥　ချဲ့ကျဆေး　　　ခြဲ့ကျဆေး

6. 什麼？　ဘာလဲ။　　　　ဘာလည်း။

7. 撲克牌　ဖဲချပ်　　　　　ပဲချပ်

8. 真的嗎？တကယ်လား။　　တတယ်လား။

七、生活會話　▶ MP3-32

◆「很高興見到您。」

A：တွေ့ ရတာဝမ်းသာပါတယ်။　很高興見到您。

B：ဟုတ်ကဲ့၊ တွေ့ ရတာဝမ်းသာပါတယ်။　是的！很高興見到您！

解釋：在 A 説的招呼語中，**တွေ့** 是「見」的意思，**ရတာ** 是「……到」，**ဝမ်းသာ** 是「高興」的意思，**ပါတယ်** 是語助詞。B 回應 **ဟုတ်ကဲ့**，也就是中文説「是的」的意思，這句話在緬甸經常聽得到。

◆「好久不見。」

A：မတွေ့ တာကြာပြီနော်။　好久不見。

B：ဟုတ်ကဲ့၊ မတွေ့ တာကြာပြီ။　是的，好久不見了。

解釋：這兩句中的 **မ** 是否定詞，**မတွေ့** 就是「不見」的意思。

◆「到哪裡去了？」

A：ဘယ်ကိုရောက်နေသလဲ။　到哪裡去了？

B：ခရီးသွားနေတာ။　去旅行了。

解釋：**ဘယ်ကို...သလဲ။** 是「去哪裡」的疑問句，**ရောက်** 是「到」的意思。

文化常識　緬甸人的命名方式

　　我們在上一課中學到，緬甸人只有稱謂沒有姓氏，但有些人喜歡將父親的名字放在自己名字的最前面或後面，例如：翁山蘇姬（AUNG SAN SU KYI）是翁山（AUNG SAN）將軍的女兒、著名歌手霓霓親梭（NI NI KHIN ZAW）的父親是親梭（U KHIN ZAW）。

　　但大部份的緬甸人還是依照出生在星期幾來取名字，按照一週中出生的星期不同，其所對應的子音字母也不同。

星期一出生者使用子音字母第一行	က ၊ ခ ၊ ဂ ၊ ဃ ၊ င
星期二出生者使用子音字母第二行	စ ၊ ဆ ၊ ဇ ၊ ၡ ၊ ည
星期三出生者使用子音字母第六行	ယ ၊ ရ ၊ လ ၊ ဝ
星期四出生者使用子音字母第五行	ပ ၊ ဖ ၊ ဗ ၊ ဘ ၊ မ
星期五出生者使用子音字母	သ ၊ ဟ
星期六出生者使用子音字母第四行	တ ၊ ထ ၊ ဒ ၊ ဓ ၊ န
星期日出生者使用元音	အ

　　例如本書作者為星期三出生，所以被取名為 ရီရီလွင် 。

基本母音aw
（ အော့ 、 အော် 、 အော ）
的發音、單字及生活會話

學習目標

1. 基本母音 aw （ အော့ 、 အော် 、 အော ）的發音、符號及聲調
2. 練習 33 個子音字母與 အော့ 、 အော် 、 အော 組合後的發音方式及其單字
3. 學習子音符號與 အော့ 、 အော် 、 အော 組合後的發音方式及其單字
4. 會話練習：自我介紹
5. 文化常識：緬甸茶鋪

一、基本母音aw的聲調與符號

發音	aw ˋ	aw ˇ	aw ：
符號 1	ေ--ာ့	ေ--ာ်	ေ--ာ
例如	ေအာ့	ေအာ်	ေအာ
符號 2	ေ--ႅ	ေ--ႅ	ေ--ႅ
例如	ခြေ့	ခြေ်	ခြေ
備註	（1）符號 1 適用於 ခ、ဂ、င、ဒ、ပ、ဝ 以外的子音字母 （2）符號 2 僅用於 ခ、ဂ、င、ဒ、ပ、ဝ		

　　基本母音 aw 的符號是以基本母音 ar 的符號（--ာ 及 -ႅ）與基本母音 ay 的符號（ေ--）組合而成的，共以兩種符號呈現，第一種為 ေ--ာ့ / ေ--ာ် / ေ--ာ，第二種為 ေ--ႅ / ေ--ႅ / ေ--ႅ。和第四課學到的基本母音 ar 一樣，基本母音 aw 的符號 2 僅能與子音字母 ခ、ဂ、င、ဒ、ပ、ဝ 結合。另外，在緬甸語中重音拉長音通常是用符號「：」來表示，但基本母音 aw 的重音拉長音並沒有用符號「：」來表示。

二、拼音練習　▶ MP3-33

　　運用 2 種符號，將 33 個子音字母與基本母音 aw 的 3 個聲調（ အော့ 、 အော် 、 အော ）相結合。

子音字母 ＼ 符號1	使用符號 1 的組合		
	ေ—ာ့　aw ˋ	ေ—ာ်　aw ˇ	ေ—ာ　aw ：
က k	ကော့	ကော်	ကော
စ s	စော့	စော်	စော
ဆ s	ဆော့	ဆော်	ဆော
ဇ z	ဇော့	ဇော်	ဇော
တ t	တော့	တော်	တော
ထ th	ထော့	ထော်	ထော
န n	နော့	နော်	နော
ဖ ph	ဖော့	ဖော်	ဖော
ဗ b	ဗော့	ဗော်	ဗော
ဘ b	ဘော့	ဘော်	ဘော
မ m	မော့	မော်	မော
ယ y	ယော့	ယော်	ယော
ရ y	ရော့	ရော်	ရော
လ l	လော့	လော်	လော

符號 1	使用符號 1 的組合		
子音字母	◌ော့ aw ˋ	◌ော် aw ˇ	◌ော aw ː
သ tt	သော့	သော်	သော
ဟ h	ဟော့	ဟော်	ဟော
အ a	အော့	အော်	အော

符號 2	使用符號 2 的組合		
子音字母	◌ေါ့ aw ˋ	◌ေါ် aw ˇ	◌ေါ aw ː
ခ kh	ခေါ့	ခေါ်	ခေါ
ဂ g	ဂေါ့	ဂေါ်	ဂေါ
င ng	ငေါ့	ငေါ်	ငေါ
ဒ d	ဒေါ့	ဒေါ်	ဒေါ
ပ p	ပေါ့	ပေါ်	ပေါ
ဝ w	ဝေါ့	ဝေါ်	ဝေါ

三、基本母音aw的相關單字及短句 ▶MP3-34

1. လူတော်　　　　優秀人才

2. ဆရာတော်　　　對和尚的稱呼

3. ပူဇော်　　　　祭拜

4. မောသလား။　　累嗎？

5. လောဘ　　　　貪婪

6. ဒေါသ　　　　憤怒

7. သောက　　　　焦慮

8. အဖော်　　　　夥伴

9. ကားသော့　　　車鑰匙

10. အဒေါ်　　　　　對女性長輩的稱呼

11. မော်တော်ကား　汽車

12. ဝေါဟာရ　　　單字

13. ပရိဘောဂ　　　家具

14. ပေါ့တယ်။　　好輕盈。

15. အပေါ်　　　　上面

16. ဈေးပေါတယ်။　價錢便宜。

四、拼音練習　▶ MP3-35

將子音符號與基本母音 aw 的 3 個聲調（အော့、အော်、အော）相結合。

（一）單子音符號 [--]

子音字母與音單子符號 [--] 結合後，子音要加上 ya、 的音，例如：က 加上 [--] 變成 ကြ，唸 k + ya、（kya、），而 ကြ 再與 3 個聲調的符號 1（ေ--ာ့、ေ--ာ်、ေ--ာ）結合後變成 ကြော့、ကြော်、ကြော。

以下表格列舉了幾個子音字母，請與單子音符號 [--] 及基本母音 aw 的 3 個聲調（符號 1）做結合，並練習發音。

子音字母 ＼ 聲調	單子音符號 [--] +符號 1（ေ--ာ့、ေ--ာ်、ေ--ာ）y + aw		
	ေ--ာ့ yaw、	ေ--ာ် yaw˘	ေ--ာ yaw：
က k	ကြော့	ကြော်	ကြော

（二）單子音符號 ျ

與 ﾘ 同音，唸 ya、。

　　子音字母與單子音符號 ျ 結合後，子音要加上 ya、 的音，例如：က 加上 ျ 變成 ကျ，唸 k + ya、（kya、），而 ကျ 再與 3 個聲調的符號 1（ေ--ာ့、ေ--ာ်、ေ--ာ）結合後變成 ကျော့、ကျော်、ကျော。

　　以下表格列舉了幾個子音字母，請與單子音符號 ျ 及基本母音 aw 的 3 個聲調（符號 1）做結合，並練習發音。

子音字母 ＼ 聲調	單子音符號 ျ ＋符號 1（ေ--ာ့、ေ--ာ်、ေ--ာ） y ＋ aw		
	ေ--ျာ့ yaw、	ေ--ျာ် yawˇ	ေ--ျာ yaw：
က k	ကျော့	ကျော်	ကျော
ခ kh	ချော့	ချော်	ချော
ပ p	ပျော့	ပျော်	ပျော
ဖ ph	ဖျော့	ဖျော်	ဖျော
မ m	မျော့	မျော်	မျော
လ l	လျော့	လျော်	လျော

（四）單子音符號 ◌ှ

子音字母與單子音符號 ◌ှ 結合後，子音要加上 ha、的音，例如：မ 加上 ◌ှ 變成 မှ，唸 m＋ha、（mha、），而 မှ 再與 3 個聲調的符號 1（ေ◌ာ့、ေ◌ာ်、ေ◌ာ）結合後變成 မှော့、မှော်、မှော。

以下表格列舉了幾個子音字母，請與單子音符號 ◌ှ 及基本母音 aw 的 3 個聲調（符號 1）做結合，並練習發音。

聲調 子音字母	單子音符號 ◌ှ ＋符號 1（ေ◌ာ့、ေ◌ာ်、ေ◌ာ） h ＋ aw		
	ေ◌ှာ့　haw、	ေ◌ှာ်　haw˘	ေ◌ှာ　haw：
န n	နှော့	နှော်	နှော
မ m	-	မှော်	-
ရ y	ရှော့	ရှော်	ရှော
လ l	-	လှော်	-

小提醒

ရ＋ ◌ှ 變成 ရှ 要唸 sha、，而不是 yha、

（七）雙子音符號 ◌ျှ

◌ျှ 這個符號是以 ◌ျ 及 ◌ှ 兩種單子音符號結合而成。

子音字母與雙子音符號 ◌ျှ 結合後，子音要加上 yha、的音，例如：မ 加上 ◌ျှ 變成 မျှ，唸 m＋yha、（myha、），而 မျှ 再與 3 個聲調的符號 1（ေ◌ာ့、ေ◌ာ်、ေ◌ာ）結合後變成 မျှော့、မျှော်、မျှော。

以下表格列舉了幾個子音字母，請與雙子音符號 ◌ျှ 及基本母音 aw 的 3 個

聲調（符號1）做結合，並練習發音。

子音字母 ＼ 聲調	雙子音符號 ရ꙳ ＋符號1（ေ--ာ့、ေ--ာ်、ေ--ာ） yh ＋ aw		
	ေ--ꙏ yhaw ˋ	ေ--ꙏ် yhaw ˇ	ေ--ꙏ yhaw ：
မ m	မျှော့	မျှော်	မျှော
လ l	လျှော့	လျှော်	လျှော

小提醒

လ 是多音字，也可以唸成 sh。因此 လျှော့ / လျှော် / လျှော 會唸成 shaw ˋ（yaw ˋ）
/ shaw ˇ / shaw ：

　　子音字母與（三）、（五）、（六），以及（八）至（十一）之子音符號
結合後，因無法與基本母音 aw 的 3 個聲調（အော့、အော်、အော）再結合成
為有意義的字，本書暫不做練習。

五、子音符號與基本母音aw組合的單字及短句 ▶MP3-36

1. မျှော့　　　　水蛭

2. ပျော့စိစိ　　　軟趴趴

3. ရောနော　　　混合

4. အဝါဖျော့　　淡黃色

5. အကြော်　　　炸物

6. လျှော　　　　溜滑梯

7. ဈေးနဲနဲလျှော့ပါ။　　價錢少一點點吧！

8. လျှော့ဈေးရှိတယ်။　　有特價喔！

9. ဘီးလေလျော့နေတယ်။　　輪胎氣很少喔！

10. လှေလှော်　　　划船

11. ချောတယ်။　　　好漂亮！／好光滑！

12. ချောတယ်၊ချော်မယ်၊သတိထား။　　很滑喔！會滑倒！小心！

13. ပျော်ပွဲစား　　　野餐

14. ကြော်ငြာ　　　廣告

15. ကျော်ကြား　　　出名

16. အသီးဖျော်ရည်　　水果汁

六、綜合測驗 ▶ MP3-37

請圈出聽到的選項，並寫出中文意思。

1. _____ ချောတယ်။   ချော်တယ်။

2. _____ ချောတယ်။   ချော်တယ်။

3. _____ ပျော်တယ်။   ပျော့တယ်။

4. _____ ဈေးပေါ့တယ်။   ဈေးပေါတယ်။

5. _____ လျှော့ဈေးရှိတယ်။   ရှော့ဈေးရှိတယ်။

6. _____ အသီးဖျော်ရည်   အသီးဖျော်ရေ

7. _____ ပျော်ပွဲစား   ပျောပွဲစား

8. _____ ဈေးနဲနဲ့ရှော့ပါ။   ဈေးနဲနဲ့လျှော့ပါ။

七、生活會話 ▶ MP3-38

◆我的名字是……

1. ကျွန်တော့်နာမည်မောင်ရဲအောင်ပါ။　（男性說話者）
2. ကျွန်မနာမည်မရီရီလွင်ပါ။　　　　（女性說話者）

◆他（她）的名字叫……

1. သူ့နာမည်ကဦးဝင်းကြည်ပါ။　　（詢問的對象為男性時使用）
2. သူမနာမည်ကဒေါ်စိန်ရင်ပါ။　　（詢問的對象為女性時使用）

◆你叫什麼名字呢？

1. မင်းနာမည်ဘယ်လိုခေါ်လဲ။　　（稱呼晚輩或同輩，較有禮貌）
2. နင့်နာမည်ဘယ်လိုခေါ်လဲ။　　（稱呼晚輩或同輩）
3. အကိုနာမည်ဘယ်လိုခေါ်လဲ။　（稱呼比自己大的男性，「哥哥」的意思）
4. အမနာမည်ဘယ်လိုခေါ်လဲ။　（稱呼比自己大的女性，「姐姐」的意思）
5. သားနာမည်ဘယ်လိုခေါ်လဲ။　（稱呼男性小孩子，「兒子」的意思）
6. သမီးနာမည်ဘယ်လိုခေါ်လဲ။　（稱呼女性小孩子，「女兒」的意思）

◆團隊（公司）名稱是什麼？

1. သူတို့ အဖွဲ့ နာမည်ဘယ်လိုခေါ်လဲ။

   他們的團隊（公司）名稱是什麼？

2. ကျွန်တော်တို့ အဖွဲ့ နာမည်က Great Wall ။

   我們的團隊（公司）名稱是 Great Wall。

     在緬甸語中，需要說「你」這個字時，習慣用哥哥、姐姐、弟弟、妹妹、兒子、女兒這些字來代替。「နင်」（你）這個字通常是在很熟悉的同輩間使用。人稱代名詞後面加上「တို့」表示複數，例如：「ငါတို့」或「ကျွန်တော်တို့」表示「我們」，「မင်းတို့」或「ခင်ဗျားတို့」表示「你們」，「သူတို့」表示「他們」。

文化常識　緬甸茶鋪

　　在緬甸，無論是城市或鄉下、大街或小巷，都看得到「လက်ဖက်ရည်ဆိုင်」這幾個字。只要是去過緬甸的人，相信對這幾個字應該不陌生。但這到底是什麼意思呢？

　　「လက်ဖက်ရည်ဆိုင်」的意思就是「賣奶茶的店」。那實際上會賣什麼東西的呢？早期的「လက်ဖက်ရည်ဆိုင်」除了賣奶茶，還賣咖啡、牛奶和各式小點心。其中「လက်ဖက်ရည်」（奶茶）是該店的主角，茶葉及煉乳是其主要食材，也有人稱它為拉茶，製作方式和印度拉茶一樣，用兩個鋼杯上下拉開、反複傾倒而成。

　　「လက်ဖက်ရည်ဆိုင်」有什麼特別的地方呢？它從凌晨開到晚上，不管在任何時段人潮都不間斷，對緬甸人來說是生活中不可或缺的一個重要場所。這裡是講八卦、談生意、聊政治的地方，但因為是個以男生們為主的聚會場所，所以早期較有氣質的女孩子不太敢靠近。

　　現在的「လက်ဖက်ရည်ဆိုင်」已有所不同，不僅賣的東西越來越多樣化，從早餐、午餐、飯、麵到點心、飲料，要什麼有什麼，客戶層也越來越廣，男女老少都可以看得到。連營業時間也越來越長，甚至開了很多 24 小時不打烊的「လက်ဖက်ရည်ဆိုင်」呢！

10

基本母音o
(အို、အို、အို:)
的發音、單字及生活會話

學習目標

1. 基本母音 o（အို、အို、အို:）的發音、符號及聲調

2. 練習 33 個子音字母與 အို、အို、အို: 組合後的發音方式及其單字

3. 學習子音符號與 အို、အို、အို: 組合後的發音方式及其單字

4. 會話練習：與地點相關的問句

5. 文化常識：涼拌茶葉

一、基本母音o的聲調與符號

發音	o、	oˇ	o∶
符號 1	ိ◌ု	ိ◌ု	ိ◌ု∶
例如	အိုု	အိုု	အိုု∶
符號 2	ိ◌ုယ့်	ိ◌ုယ်	-
例如	ကိုယ့်	ကိုယ်	-

　　基本母音 o 的符號是以基本母音 i 的符號（ိ◌）與基本母音 u 的符號（◌ု）組合而成的，共以兩種符號出現，第一種為 ိ◌ု / ိ◌ု / ိ◌ု∶，第二種為 ိ◌ုယ့် / ိ◌ုယ်。不過，符號 2 算是符號 1 的延伸，僅用於子音字母 က，且 က 不論是使用符號 1（ကိုယ့်、ကိုယ်）或符號 2（ကို、ကို）的組合，發音都相同。

二、拼音練習 ▶ MP3-39

運用符號 1，將 33 個子音字母與基本母音 o 的 3 個聲調（အိုႛ、အို、အိုး）相結合。

符號1　子音字母	使用符號 1 的組合		
	◌ိုႛ o ˋ	◌ို oˊ	◌ိုး o ：
က k	ကိုႛ／ကိုႛယ်	ကို／ကိုယ်	ကိုး
ခ kh	ခိုႛ	ခို	ခိုး
ဂ g	-	-	ဂိုး
င ng	-	ငို	ငိုး
စ s	စိုႛ	စို	စိုး
ဆ s	ဆိုႛ	ဆို	ဆိုး
ဇ z	ဇိုႛ	ဇို	ဇိုး
ည ny	ညိုႛ	ညို	ညိုး
တ t	တိုႛ	တို	တိုး
ထ th	ထိုႛ	ထို	ထိုး
ဒ d	ဒိုႛ	ဒို	ဒိုး
န n	နိုႛ	နို	နိုး
ပ p	ပိုႛ	ပို	ပိုး
ဖ ph	ဖိုႛ	ဖို	ဖိုး
ဗ b	ဗိုႛ	ဗို	ဗိုး

子音字母 ＼ 符號 1	使用符號 1 的組合		
	$\overset{\circ}{\underset{\mathbf{l}}{-}}$ o ˋ	$\overset{\circ}{\underset{\mathbf{l}}{-}}$ o ˇ	$\overset{\circ}{\underset{\mathbf{l}}{-}}$ o ː
ဘ b	ဘို့	ဘို	ဘိုး
မ m	မို့	မို	မိုး
ယ y	ယို့	ယို	ယိုး
ရ y	ရို့	ရို	ရိုး
လ l	လို့	လို	လိုး
ဝ w	ဝို့	ဝို	ဝိုး
သ tt	သို့	သို	သိုး
ဟ h	ဟို့	ဟို	ဟိုး
အ a	အို့	အို	အိုး

三、基本母音o的相關單字及短句　▶ MP3-40

1. သူခိုးမိပြီ။ 　　　　　　捉到小偷了。

2. ရိုးသား 　　　　　　　老實

3. ဆရာမိဘကိုရိုသေပါ။ 　要尊敬父母及師長。

4. အဘိုးအို 　　　　　　老爺爺

5. နို့ဆီရှိလား။ 　　　　　有煉乳嗎？

6. မိုးရာသီ 　　　　　　雨季

7. မိအိုဖအို 　　　　　　老父老母

8. သတို့သား 　　　　　　新郎

9. သတို့သမီး 　　　　　新娘

10. ရေအိုး 　　　　　　水甕

11. မိုးသီး 　　　　　　冰雹

12. ပုဆိုး 　　　　　　男性沙龍

13. စာပို့ သမားစာလာပို့ ပြီ။ 　郵差送信來了！

14. ရိုးရာဓလေ့ကိုမမေ့ပါနဲ့။ 　不要忘記傳統習俗。

15. ဝိုးတိုးဝါးတား 　　　　不清楚

16. ဆေးဖိုးဝါးခ 　　　　　醫藥費

四、拼音練習　▶ MP3-41

將子音符號與基本母音 o 的 3 個聲調（ အို 、 အို 、 အိုး ）相結合。

（一）單子音符號 ⌐--

子音字母與單子音符號 ⌐-- 結合後，子音要加上 ya、 的音，例如： က 加上 ⌐-- 變成 ကျ ，唸 k + ya、（kya、），而 ကျ 再與 3 個聲調的符號 1（ ︒l 、 ︒l 、 ︒l: ）結合後變成 ကျို 、 ကျို 、 ကျိုး 。

以下表格列舉了幾個子音字母，請與單子音符號 ⌐-- 及基本母音 o 的 3 個聲調（符號 1）做結合，並練習發音。

子音字母 ＼ 聲調	單子音符號 ⌐-- ＋符號 1（ ︒l 、 ︒l 、 ︒l: ）y + o		
	⌐-- l. yo、	⌐-- l yoˇ	⌐-- l: yo:
က k	ကျို.	ကျို	ကျိုး
ခ kh	ချို.	ချို	ချိုး
ဂ g	-	ဂျို	-
င ng	ငျို.	ငျို	ငျိုး
ပ p	ပျို.	ပျို	ပျိုး
ဖ ph	ဖျို.	ဖျို	ဖျိုး
မ m	မျို.	မျို	မျိုး

（二）單子音符號 ◌ျ

與 ◌ြ 同音，唸 ya丶。

子音字母與單子音符號 ◌ျ 結合後，子音要加上 ya丶 的音，例如：က 加上 ◌ျ 變成 ကျ，唸 k＋ya丶（kya丶），而 ကျ 再與 3 個聲調的符號 1（◌ို。、◌ို、◌ို：）結合後變成 ကျို。、ကျို、ကျို：。

以下表格列舉了幾個子音字母，請與單子音符號 ◌ျ 及基本母音 o 的 3 個聲調（符號 1）做結合，並練習發音。

子音字母 ＼ 聲調	單子音符號 ◌ျ ＋符號 1（◌ို。、◌ို、◌ို：） y ＋ o		
	◌ျို。 yo丶	◌ျို yoˇ	◌ျို： yo：
က k	ကျို。	ကျို	ကျို：
ခ kh	ချို။	ချို	ချို：
ဂ g	ဂျို။	ဂျို	ဂျို：
ပ p	ပျို။	ပျို	ပျို：
ဖ ph	ဖျို။	ဖျို	ဖျို：
ဗ b	ဗျို။	ဗျို	ဗျို：
မ m	မျို။	မျို	မျို：
လ l	လျို။	လျို	လျို：

（七）雙子音符號 ◌ျှ

◌ျှ 這個符號是以 ◌ျ 及 ◌ှ 兩種單子音符號結合而成。

子音字母與雙子音符號 ◌ျှ 結合後，子音要加上 yha、 的音，例如：လ 加上 ◌ျှ 變成 လျှ，唸 s ＋ yha、（syha、），而 လျှ 再與 3 個聲調的符號 1（◌ို့、◌ို、◌ိုး）結合後變成 လျှို့、လျှို、လျှိုး。

以下表格以子音字母 လ 為例，請與雙子音符號 ◌ျှ 及基本母音 o 的 3 個聲調（符號 1）做結合，並練習發音。（此雙子音符號只能與 လ 結合。）

	雙子音符號 ◌ျှ ＋符號 1（◌ို့、◌ို、◌ိုး） yh　＋　o		
聲調 子音字母	◌ျှို့ yho、	◌ျှို yhoˇ	◌ျှိုး yhoː
လ l	လျှို့	လျှို	လျှိုး

子音字母與（三）至（六）、（八）至（十一）之子音符號結合後，因無法與基本母音 o 的 3 個聲調（အို့、အို、အိုး）再結合成為有意義的字，本書暫不做練習。

五、子音符號與基本母音o組合的單字及短句 ▶ MP3-42

1. ကြိုး   繩子

2. မြို့   城市

3. ဆွေမျိုး   親戚

4. အချိုရည်   甜的飲料

5. မြို့တော်   首都

6. သွားကျိုးသွားပြီ။   牙齒斷了！

7. ကြိုးစား   努力

8. ကြိုဆိုပါ၏။   歡迎光臨。

9. ရေချိုး   洗澡

10. ပြိုကျ   倒塌（被動用法）

11. ဖြိုချ   弄倒（主動用法）

12. တဲကိုရဲဖြိုချလို့ ပြိုကျသွားပြီ။   茅草屋被警察弄倒所以倒塌了！

13. သူလျှို   間諜

14. လူပျိုကြီး   單身男性

15. အပျိုကြီး   單身女性

16. အပျိုချော အပြောချို။

單身女性說話時嘴都很甜。（用緬甸語說這句話有押韻）

六、綜合測驗　▶ MP3-43

圈出聽到的選項，並寫出中文意思。

1. _____　ဂျိုး　　　　　ကြိုး

2. _____　ကြိုးစား　　　ကျိုးစား

3. _____　သွားကြိုးသွားပြီ။　　　သွားကျိုးသွားပြီ။

4. _____　လူပြိုကြီး　　　လူပျိုကြီး

5. _____　တည်းခိုခန်း　　　တဲခိုခန်း

6. _____　ဆေးဖိုးဝါးခ　　　ဆေးဘိုးဝါးခ

7. _____　သတို့သား　　　သတို့သမီး

8. _____　ရိုးရာမလေ့　　　ယိုးရာမလေ့

七、生活會話 ▶ MP3-44

◆「從哪裡來？」

A：ဘယ် (နေရာ) ကလာသလဲ။   從哪裡來？

B：နေပြည်တော် ကလာတယ်။   從臺灣來。

◆「要去哪裡？」

A：ဘယ် (နေရာ) ကိုသွားမလဲ။   要去哪裡？

B：ရန်ကုန်ကိုသွားမယ်။   要去仰光。

A：ဘယ်လဲ။   要去哪裡？

B：ရန်ကုန်သွားမလို့။   要去仰光。

◆「住在哪裡？」

A：ဘယ် (နေရာ) မှာနေလဲ။   住在哪裡？

B：တည်းခိုခန်းမှာနေတယ်။   住在旅館。

　　「ဘယ်...လဲ」是一種問話的方式，在問時間（when）、地點（where）、那一種（which）、如何（how）及問人物（who、whom）時使用。詢問地點時，可以在「ဘယ်」的後面加「နေရာ」，表示地點的意思，不過通常都會省略。也可以在「ဘယ်」後面加上時間、地點相關的介係詞，例如：「က」（從；from）、「ကို」（到；to）、「မှာ」（在；at），再加上動詞「လာ」（來）、「သွား」

（去）、「ေန」（住）來表達不同的意思。問句最後的語助詞則代表時態，例如：「သလဲ」是過去式、「မလဲ」是未來式、「လဲ」是現在進行式。也就是說，完整問句的結構是「ဘယ်＋（位置）＋時間、地點相關的介係詞＋動詞＋疑問句的語助詞」。

　　回答問題時，需將問句中的句首「ဘယ်」改成要回答的地點，句尾的語助詞則依不同時態改成相應的句末助詞，如：過去式「သလဲ」及現在進行式「လဲ」需改成句末助詞「တယ်」，未來式「မလဲ」則改成句末助詞「မယ်」、「မလို့」。也就是說，完整答句的結構是「地點＋時間、地點相關的介係詞＋動詞＋句末助詞」。

　　世界各國都有屬於自己的特色美食、小吃，緬甸也不例外。其中一定要向大家介紹的就是「လက်ဖက်သုပ်」（涼拌茶葉）。為什麼一定要介紹它不可呢？因為在緬甸無論是男女老少，不分貧賤貴富都很愛吃這道菜，從大、小節慶到日常生活中的婚喪喜慶都能夠吃到，是沒有城鄉差距存在的一道菜。

　　一般人聽到茶葉，可能會先想到泡出一杯熱騰騰的茶，然而在緬甸，茶葉不只能泡來喝，還能當涼拌菜來吃。涼拌茶葉包含的材料有發酵茶葉、各式各樣炸好的豆子及蒜片，還有花生和芝麻，這些都是「လက်ဖက်သုပ်」的主角，其它的配角則有生蒜、辣椒、番茄、蝦米、高麗菜絲，最後再加上魚露及油，將這些材料拌勻就可以吃到美味的「လက်ဖက်သုပ်」了。所有材料中最特別就是發酵茶葉！茶葉芽經過自然發酵後，還會因茶葉的嫩度不同而使口感有所差別，再調味成各種酸辣鹹度，可依照自己的喜好選擇並調成自己喜歡的味道。至於它吃起來到底是什麼樣的口感呢？這就得要自己品嚐品嚐囉！

　　因為茶葉裡面含咖啡因，能讓人提神，所以「လက်ဖက်သုပ်」也是學生們熬夜唸書時不可或缺的好夥伴喔！而除了咖啡因之外，「လက်ဖက်သုပ်」還含有濃濃的人情味！在緬甸，不管是在寺廟還是平民百姓的家中，在客人來訪時送上涼拌茶葉是基本禮儀。大家一起享用分格器皿裡盛裝的涼拌菜，代表人與人間的交流互動，以及共享的喜悅。

MEMO

附錄

綜合測驗解答

第四課

請把聽到的圈起來。

1. ခ　　ခါ　　ခါး

2. လ　　လာ　　လား

3. ပြ　　ပြာ　　ပြား

4. မှ　　မှာ　　မှား

5. ကျ　　ကျာ　　ကျား

6. သွ　　သွာ　　သွား

7. ကြ　　ကြာ　　ကြား

8. လွ　　လွာ　　လွား

第五課

請把聽到的圈起來。

1. ချိ　　ချည်　　ချည်း

2. ဆိ　　ဆီ　　ဆီး

3. ထိ　　ထီ　　ထီး

4. ပြိ　　ပြိ　　ပြိုး

5. ကြည့်　　ကြည်　　ကြည်း

來試試以下複選題。

6. စိ　　စီ　　စီး　　စည့်　　စည်　　စည်း

7. ကြည်　　ကြည့်　　ကြည်း　　ကျို　　ကျို　　ကျိုး

8. ချည့်　　ချည်　　ချည်း　　ခြည်　　ခြည့်　　ခြည်း

9. ကို　　ကို့　　ကီး　　ကြည်　　ကြည့်　　ကြည်း

10. နို　　နို့　　နိုး　　နည်　　နည့်　　နည်း

第六課

請選出正確的答案。

1. 假的　　　အတု　　　　အတူ

2. 天氣　　　ရာသီဥတု　　　ရာသီဥတူ

3. 現在　　　အခု　　　　အပု

4. 佈施　　　အလှူ　　　　အလှူ

5. 熱／燙　　အပု　　　　အပူ

6. 照顧　　　ပြုစု　　　　ပြုဆု

7. 醉漢　　　အမူးသမား　　　အမူးတမား

8. 幫忙　　　ကူညီ　　　　တူညီ

第七課

請選出正確的答案。

1. 妹妹　　ညီမလေး　　　　ညီမတေး

2. 市場　　ဆေး　　　　　ဈေး

3. 律師　　ရှေ့နေ　　　　အရှေ့

4. 叔叔　　ဦးလေး　　　　အူးလေး

5. 爸爸　　ဖေဖ　　　　　ဖေဖေ

6. 媽媽　　မေမ　　　　　မေမေ

7.	夏季	နွေရာသည်	နွေရာသီ
8.	答案	အဖြေ	အဖြည်

第八課

請選出正確的答案。

1.	冰塊	ရည်ခဲ	ရေခဲ
2.	星星	ကြယ်	ကျယ်
3.	血汗錢	ချွေးနဲ့စာ	ချွေးနဲ့စာ
4.	櫻桃	ခြယ်ရီသီး	ချယ်ရီသီး
5.	化痰藥	ချွဲကျဆေး	ခြွဲကျဆေး
6.	什麼？	ဘာလဲ။	ဘာလည်း။
7.	撲克牌	ဖဲချပ်	ပဲချပ်
8.	真的嗎？	တကယ်လား။	တတယ်လား။

第九課

請圈出聽到的選項，並寫出中文意思。

1.	很滑！	ချောတယ်။	ချော်တယ်။
2.	好漂亮。	ချောတယ်။	ချော်တယ်။
3.	好開心。	ပျော်တယ်။	ပျော့တယ်။
4.	價錢便宜。	ဈေးပေါ့တယ်။	ဈေးပေါတယ်။
5.	有特價喔！	လျှော့ဈေးရှိတယ်။	ရှော့ဈေးရှိတယ်။
6.	水果汁	အသီးဖျော်ရည်	အသီးဖျော်ရေ
7.	野餐	ပျော်ပွဲစား	ပျောပွဲစား
8.	價錢少一點點吧！	ဈေးနဲနဲရှော့ပါ။	ဈေးနဲနဲလျှော့ ပါ။

第十課

圈出聽到的選項，並寫出中文意思。

1.	_____ 繩子 _____	ဂျိုး	ကြိုး
2.	_____ 努力 _____	ကြိုးစား	ကျိုးစား
3.	_____ 牙齒斷了！ _____	သွားကြိုးသွားပြီ။	သွားကျိုးသွားပြီ။
4.	_____ 單身男子 _____	လူပျိုကြီး	လူပျိုကြီး
5.	_____ 旅館 _____	တည်းခိုခန်း	တဲခိုခန်း
6.	_____ 醫藥費 _____	ဆေးဖိုးဝါးခ	ဆေးဘိုးဝါးခ
7.	_____ 新郎 _____	သတို့သား	သတို့သမီး
8.	_____ 習俗 _____	ရိုးရာဓလေ့	ယိုးရာဓလေ့

國家圖書館出版品預行編目資料

\--

我的第一堂緬甸語課 / 葉碧珠著
\-- 初版 -- 臺北市：瑞蘭國際 , 2019.12
168 面；19×26 公分 --（外語學習；71）
ISBN：978-957-9138-58-1（平裝）
1. 緬甸語 2. 讀本

\--

803.728   108020914

外語學習 71

我的第一堂緬甸語課

作者｜葉碧珠
責任編輯｜鄧元婷、王愿琦
校對｜葉碧珠、鄧元婷、王愿琦

緬甸語錄音｜葉碧珠、高福吉
錄音室｜采漾錄音製作有限公司
封面設計、版型設計、內文排版｜陳如琪
美術插畫｜ Syuan Ho
照片提供｜林瑞添

瑞蘭國際出版
董事長｜張暖彗 · 社長兼總編輯｜王愿琦
編輯部
副總編輯｜葉仲芸 · 副主編｜潘治婷 · 文字編輯｜林珊玉、鄧元婷
設計部主任｜余佳憓 · 美術編輯｜陳如琪
業務部
副理｜楊米琪 · 組長｜林湲洵 · 專員｜張毓庭

出版社｜瑞蘭國際有限公司 · 地址｜臺北市大安區安和路一段 104 號 7 樓之一
電話｜ (02)2700-4625 · 傳真｜ (02)2700-4622 · 訂購專線｜ (02)2700-4625
劃撥帳號｜ 19914152 瑞蘭國際有限公司
瑞蘭國際網路書城｜ www.genki-japan.com.tw

法律顧問｜海灣國際法律事務所　呂錦峯律師

總經銷｜聯合發行股份有限公司 · 電話｜ (02)2917-8022、2917-8042
傳真｜ (02)2915-6275、2915-7212 · 印刷｜科億印刷股份有限公司
出版日期｜ 2019 年 12 月初版 1 刷 · 定價｜ 380 元 · ISBN｜ 978-957-9138-58-1